KB057207

거꾸로 흐르는 강

La Rivière à l'Envers Tomek

Jean-Claude MOURLEVA

거꾸로 흐르는 강

토멕과 신비의 물

장 클로드 무를르바 장편소설 | 정혜승 옮김

문학세계사

차례

프롤로그

앞으로 펼쳐질 이야기는 지금 우리가 누리고 사는 현대의 안락함이 자리 잡기 이전, 그것도 한참 전의 이야기라는 걸 먼저 짚고 넘어가야겠다. 온라인 게임도 에어백 달린 자동차도 없고, 대형 마트도 존재하지 않던 시절, 휴대폰이라는 기계는 상상조차 못 하던 그런 시절의 이야기이다. 하지만 그때도 변함없이 비 온 뒤 무지개는 눈부시게 펼쳐졌고, 고소한 아몬드 콩콩 박힌 달콤한 살구잼도 있었으며, 한밤중에 달려나가 알몸으로 멱을 감는 즐거움도 존재했다. 어쨌든 오늘날까지 우리가 기꺼이 누리고 싶어 하는 몇 안 되는 지극한 즐거움들은 오롯이 존재하던 시절의 이야기인 것이다. 마찬가지로 사랑의 가슴앓이나 꽃가루알레르기처럼 오늘날까지도 확실한 처방을 찾지 못해 그저 앓아내는 수밖에 없는 것들도 그대로 존재했던 시절, 그랬던 옛날 그 시절의 이야기이다.

제1장 철새

토멕네 잡화상은 마을 가장 안쪽에 자리하고 있었다. 자그마한 가게였는데, 별다른 장식 없이 창문 위쪽에 푸른색 페인트로 '잡화상'이라고만 쓰여있었다. 가게 문을 열고 들어서면 경쾌하고 맑은 종소리가 울렸고, 그 소리에 주인인 토멕이 회색 앞치마를 두르고 나타나 환한 미소로 맞아주었다. 토멕은 꿈꾸는 눈빛을 지닌 소년이었다. 나이에 비해 키가 컸으며 조금 마른 편이었다. 여기서 토멕의 잡화상에서 파는 물건 하나하나를 나열하는 건 쓸데없는 일이지 싶다. 책 한 권에 다 나열한다 해도 모자랄 테니, 그저 이 한 단어로 족하리라. 모든 것. 그랬다. 토멕네 잡화상은 모든 것을 파는 곳이었다. 파리채나 페드리종 신부의 영약처럼 쓸모 있고 합당한 물건뿐 아니라, 고무 탕파나 곰잡이용 칼처럼 살아가는 데에 없어서는 안 되는 물건까지 말 그대로 '모든 것'을 팔았다.

토멕은 가게에서 먹고 잤다. 아니 조금 더 설명하자면 계산대 뒤쪽 공간을 집 삼아 살고 있었다. 그랬기에 토멕네 가게가 문을 닫는 일은 결코 없었으며, 입구에 매달아 놓은 나무 팻말은 늘 같은 방향, '영업 중'으로 돌려져 있었다. 줄지어 올 만큼 손님이 많은 것은 아니었다. 그렇지는 않았다. 마을 사람들은 나름대로 토멕의 시간을 존중해주었으며 무턱대고 방해하는 일이 없도록 조심해주었다. 하지만 알고 있었다. 위급 상황이 닥쳐 잡화상을 찾는다면, 비록 한밤중이라 해도 토멕이 친절히 맞아 그들의 급한 불을 꺼주리라는 것을. 가게가 늘 열려있다고 해서 토멕이 가게에서 한 발짝도 벗어나지 않을 거라 생각했다면 오해다. 오히려 그 반대였다. 토멕은 저린 다리를 펴기 위해 잠시 나가 걸으며 바람을 쐴 때도 있었고, 반나절 넘게 가게를 비우는 일도 종종 있었다. 하지만 이럴 때도 가게는 열어 두었으니, 손님은 가게에 들어와 필요한 물건을 스스로 찾아갔고, 토멕이 가게에 돌아오면 계산대에는 어김없이 쪽지가 놓여 있었다.

'소시지용 실 한 묶음 가져갑니다'라는 메모와 함께 물건 가격만큼의 돈이 놓여 있거나, '담배 한 갑 가져가네, 돈은 내일 들러서 내리다'라는 메모가 있기도 했다.

토멕의 가게는 이처럼 아무 탈 없이 잘 굴러갔으며, 특별

한 일이 일어나지 않는 한 앞으로도 몇 년이고 아니 몇 세기고 이대로 흘러갈 수 있을 것 같았다.

단지 토멕에게는 비밀이 하나 있었다. 뭐 엄청나게 특별하거나 쉬쉬해야 할 그런 비밀은 아니고, 그저 아주 천천히, 토멕 자신도 감지하지 못할 만큼 그렇게 서서히 그의 마음속에 자리 잡게 된 비밀이었다. 마치 머리카락이 자라는 걸 순간순간에는 느끼지는 못하지만, 어느새 쑥 자라버린 모습과 마주하게 되듯 말이다.

그렇게 어느 날 토멕은 이런 생각과 맞닥뜨리게 된 것이다. 물론 머리 위로 자란 생각이 아니라, 머릿속 저 깊은 곳에서 자라난 생각이었다. 정리해보자면 이렇다. 토멕은 지루해하고 있었다. 아니 그보다 더 센 표현이 필요하겠다. 그의 가슴은 답답해 터질 것만 같았다. 떠나고 싶다는 마음이 가득하였다. 이곳을 떠나 세상을 둘러보고 싶다는 생각뿐이었다.

꽤 자주 토멕은 잡화상 안쪽으로 난 작은 창문을 통해 바깥 풍경을 내다보곤 하였다. 키 크게 자란 봄밀이 파도처럼 넘실대고 있었다. 그 풍경에 멍하니 빠져있노라면 아니나 다를까 '띵띵'하고 종이 울리며 가게 문이 열렸고, 종소리에 화들짝 놀란 토멕은 꿈속 같던 풍경에서 급작스레 빠져나와야만 했다. 얼마 전에는 이런 일도 있었다. 들판을 따라 길게 이어진 길을 걷던 토멕은 길을 잃고 말았다. 새벽 여명 속에 펼쳐진 아마밭의 아늑한 푸른빛에 매료되어, 집으로 돌아가야 한다는 생각조차 놓쳐버렸던 거다.

토멕이 가장 견디기 힘든 계절은 가을이었다. 높푸르게 펼쳐진 가을 하늘을 가로질러 소리도 없이 유유히 날아가는 철새 떼를 바라볼 때면, 떠나고 싶다는 거칠고도 급작스러운 욕망이 몰려들어 정말이지 환장할 노릇이었다. 한 번의 큰 날갯짓으로 지평선 너머로 훌쩍 사라져버리는 야생 거위 떼를 바라보면 토멕 눈에는 눈물이 글썽거리기도 했다.

불행하게도 떠나고 싶다고 무작정 떠날 수 있는 건 아니었다. 토멕이라는 이름을 걸고 마을 유일의 잡화상을 운영하면서, 그것도 할아버지 아버지를 거쳐 대대로 꾸려온 가게를 운영하면서, 마음 내키는 대로 그리 쉽게 훌쩍 떠날 수는 없는 일이었다. 떠난다면 마을 사람들이 어찌 생각할까? 자신들을 버린 거라 여기지는 않을까? 뭔가 문제가 있다고 생각지는 않을까? 이 마을이 마음에 들지 않았던 거라 생각하면 어쩌지? 아무튼 그들이 제대로 이해해줄 리 없었다. 그럴 수밖에 없을 거라는 게 토멕의 마음을 더욱 비참하게 만들었다. 남을 힘들게 하고 아프게 하는 일에는 정말이지 소질 없는 토멕이었다. 이제는 가슴에 이 비밀을 묻어놓겠다고, 그러다 보면 서서히 자리 잡았던 지루함도 자신도 모르는 새에 사라져 버릴 거라고, 토멕은 다짐하듯 혼잣말로 중얼거렸다.

오, 하지만 그 뒤로 닥친 일은 그의 다짐과는 영 다른 방향이었다. 이성을 찾고 지금 여기에 안주하려고 애쓰는 토멕의 모든 수고를 허사로 만들어버리는 엄청난 일이 벌어진 것이다.

때는 여름의 끝자락 어느 저녁이었다. 이른 밤의 신선한 공기를 맡고 싶어진 토멕은 가게 문을 활짝 열어두고서 기름 램프에 불을 밝히고 계산대에 앉아 자신의 큼직한 장부를 펼쳐 놓고 펜을 끄적이며 계산에 몰두하고 있었다. 그때 갑자기 들려온 또랑또랑한 목소리에 토멕은 소스라치게 놀랐다.

"막대사탕 있나요?"

토멕이 고개를 드니 거기에는 세상에 더는 예쁠 수 없을 것 같은 그런 소녀가 서 있었다. 열두 살 정도 되어 보이는 짙은 갈색 머리의 소녀였다. 추레한 원피스에 샌들을 신었으며, 허리띠에는 가죽 물병 하나를 차고 있었다. 열린 문으로 소리도 없이 들어온 유령인가 환영인가 싶기도 했지만, 소녀는 검은 눈동자가 그려내는 슬픈 눈빛으로 토멕에게서 시선을 떼지 않고 있었다.

"여기서 막대사탕도 파나요?"

그 물음에 토멕은 두 가지 일을 동시에 했다. 우선 이렇게

대답하는 것 하나,

"네. 막대사탕 팝니다."

그리고 두 번째는, 이제껏 살아오면서 어떤 소녀에게도 세 번 이상 눈길을 준 적 없던 그가 눈앞에 선 갈색 머리 소녀에게 순간, 마침내, 완전히 반해버린 것이다.

토멕은 커다란 유리병에서 막대사탕 하나를 꺼내 소녀에게 내밀었다. 사탕을 받아든 소녀는 얼른 원피스 주머니로 넣었다. 소녀는 바로 가려 하기보다는 가게의 벽을 층층이 빼곡히 채우고 있는 작은 서랍장에 눈길을 보냈다.

"대체 이 많은 서랍장에는 뭐가 들었죠?"

"그러니까… 말하자면 모든 것이요. 필요한 모든 것……."

"모자에 넣는 고무줄 같은 것도 있나요?"

"물론이죠."

토멕은 사다리를 타고 올라가 저 위쪽 서랍에서 고무줄을 꺼냈다.

"여기요"

"그럼 트럼프도 있겠네요?"

토멕은 사다리를 타고 내려왔다가 다시 다른 쪽 서랍장으로 올라갔다.

"자 여기요."

잠시 주저하는 듯 보이던 소녀의 입가에 수줍은 미소가 번졌다. 그녀가 이 놀이를 즐기고 있음이 분명했다.

"그럼, 캥거루 그림은요?"

토멕은 잠시 생각하더니 서둘러 왼쪽 서랍장 쪽으로 다가갔다.

"여기 있습니다."

이때였다. 소녀의 짙은 눈동자가 반짝하고 빛났다. 행복과 기대에 찬 모습이 어찌나 매력적이던지 토멕의 심장이 쿵쾅거리기 시작했다.

"혹시 그럼 사막의 모래도 있나요? 아직 온기가 남아 있는 거로요."

토멕은 한 번 더 사다리를 타고 올라 서랍에서 오렌지빛 모래가 담긴 아주 작은 약병을 꺼내 들고 내려왔다. 그러고는 병 안에 담긴 모래를 장부 위로 조심스레 쏟아부어 소녀가 만져볼 수 있게 해주었다. 소녀는 손등으로 모래를 살살 쓰다듬더니 손가락 끝을 세워 모래 속을 이리저리 지나다녔다.

"아, 아직 따뜻해요……."

소녀가 계산대 쪽으로 한 발 더 가까이 다가왔다. 토멕에게 소녀의 체온이 느껴졌다. 열기를 머금은 사막의 모래보다 토멕이 진정 손을 가져가 보고 싶은 곳은 햇빛에 보기 좋게 그을린 소녀의 팔이었다. 아무래도 그걸 눈치챈 것인지 소녀가 말했다.

"모래가 제 팔 만큼이나 따뜻해요."

그러고는 모래를 만지던 손 아닌 다른 손으로 토멕의 손을 잡아 자기 팔에 가져다 댔다. 흔들리는 오일 램프의 은은한 불빛이 소녀의 얼굴에 잔잔한 그림자를 드리웠다. 그렇게 몇 초나 흘렀을까 소녀가 조심스레 팔을 빼내더니 돌아서서 벽을 가득 채운 수많은 서랍 중에 하나를 손가락으로 가리켰다.

"저기 저 서랍 말이에요. 저기에는 뭐가 들었죠?"

"저긴 바느질할 때 쓰는 골무가……."

쏟아놓았던 모래를 깔때기를 사용해 다시 병에 부으며 토멕이 대답했다.

"이쪽, 이쪽에 있는 서랍에는요?"

"생트 비에르주의 조개껍데기가 들어있지요. 아주 귀한 조개랍니다."

"아 그렇군요."

소녀가 실망한 눈치다.

"그럼 저쪽 서랍에는 뭐가 있지요?"

"삼나무 씨앗이 들었지요. 원한다면 조금 드릴 수 있어요. 대신 아무 데나 심으면 안 됩니다. 이 나무는 정말 거대하게 자라거든요."

이 말이 소녀는 기쁘게 할 거라고 토멕은 믿었는데, 실제로는 그 반대였다. 소녀는 오히려 입을 딱 다물고 생각에 잠겨버렸다. 그 사이로 다시 침묵이 먹먹히 흘렀다. 토멕은 감히 무어라 이야기를 꺼낼 수가 없었다. 그 순간 열린 문 틈새로 고양이 한 마리가 들어오려는 게 보였다. 슬금슬금 안으로 들어오는 고양이를 토멕은 단박에 내쫓아버렸다. 그 어떤 것에도, 그 누구에게도 방해받고 싶지 않은 마음에서였다.

"이 가게에서는 모든 걸 판다고 했죠? 정말로 모든 게 다 있나요?"

소녀가 눈을 들어 토멕을 바라보며 다시 한번 물었다.

"네……. 아무튼 필요한 것들은 모두 있어요."

토멕은 조금 당황스러웠지만 약간의 겸손을 더해 대답했다.

"그렇다면……."

여린 음성으로 주저하며 시작한 소녀의 목소리에 갑자기 희망의 기운이 차올랐다.

"그렇다면 혹시 크자르강의 물도 여기에 있나요?"

토멕은 그 물에 대해 아는 바가 없었다. 듣도 보도 못한 그 강이 어디에 있는 건지는 더더욱 알 수가 없었다. 그런 토멕의 표정을 소녀가 읽어버렸다. 어두운 그림자가 소녀의 얼굴을 스쳤고 그녀는 토멕에게 눈도 맞추지 않은 채로 덧붙였다.

"죽지 않게 해주는 물이라고 하죠. 모르세요?"

토멕은 느리게 고개를 저었다. 토멕은 알지 못했다.

"내게 필요한 건 그거였는데……."

허리춤에 차고 있던 물통을 두드리며 그녀가 말했다.

"그 물을 구해서 여기 담아 올 거거든요."

토멕은 어떤 말이라도 좋으니 소녀가 그 물에 대해 좀 더 얘기해주기를 바랐다. 하지만 소녀는 토멕 쪽으로 다가와 손수건을 펼친 뒤 동전 몇 개를 꺼냈다.

"사탕값으로 얼마를 드리면 될까요?"

"동전 하나면 됩니다."

토멕이 웅얼거렸다.

소녀는 동전을 계산대에 놓더니 벽을 빼곡히 채운 작은 서랍을 한 번 더 둘러보고는 토멕에게 마지막 미소를 건넸다.

"자, 그럼 수고하세요."

이 말만 남기고 소녀는 가게를 떠나버렸고

"안녕히……."

뒤로 남은 토멕은 혼자 중얼거렸다.

오일 램프의 불빛이 사그라들었다. 토멕은 계산대 뒤쪽 의자에 다시 자리를 잡고 앉았다. 펼쳐져 있는 그의 장부 위로 정체 모를 동전 한 닢과 오렌지빛 모래 몇 알만이 이리저리 흩어져 있었다.

제2장 이샤 할아버지

다음날도 그다음 날도 내내 토멕은 자신을 책망했다. 대체 왜 그 소녀에게 돈을 받았느냐 말이다, 그만큼 값이 나가는 물건도 아니었는데. 토멕은 자신도 모르게 "아니요, 됐어요. 그냥 가져가셔도 돼요. 사탕 하나에 무슨 돈을 받겠어요." 같은 말을 혼자서 몇 번이고 되뇌고 있었다.

하지만 이제 와서 세상에서 가장 상냥하고 친절한 어투로 말한들 무슨 소용이 있단 말인가. 너무 늦어버린 것을. 소녀는 돈을 냈고, 가버렸고, 남은 것은 후회뿐이었다. 돈을 받은 일만큼이나 토멕의 머릿속을 괴롭히는 것이 있었으니, 소녀가 그날 언급했던, 지금은 기억도 잘 나지 않는 이상한 이름의 강물이었다. 묘한 분위기의 그 소녀는 과연 누구일까? 어디서 오는 길이었을까? 혼자 길을 떠난 건가? 가게 밖에서 누군가가 기다리고 있던 걸까? 어딜 향해 가고 있던 걸까? 답도 없는 수많은 질문만 가슴에 와 부딪혔다. 토멕은 손님들을 통해 그 소녀에 대해 알아보기로 했다.

"마을에 별일 없어요? 뭐 새로운 소식이라도?" 혹은 "요즘은 마을을 지나쳐가는 사람이 영 뜸한 것 같지 않아요?" 따위의 물음을 은근슬쩍 던져 누구 하나라도 이런 대답을 해주기를 바라면서 말이다.

"그러게 말일세, 도통 지나는 사람이 없네. 며칠 전인가 그 소녀를 빼고는 말이야."

하지만 반응은 전혀 없었다. 아무래도 마을에서 소녀를 본 유일한 사람은 토멕뿐인 것 같았다. 시간은 그렇게 흘러갔다. 그러던 어느 오후, 토멕은 더 이상 견딜 수가 없어졌다. 소녀를 다시는 보지 못할 거란 생각에 미치도록 괴로웠고, 소녀에 대해 얘기를 나눌 사람조차 없다는 게 더없이 비참했다. 토멕은 주머니에 막대 모양 과일 젤리를 잔뜩 쑤셔 넣은 뒤, 가게는 내버려 두고 겅충겅충 마을 반대편을 향해 달렸다. 이샴 할아버지의 집이 있는 곳이었다.

이샴은 마을의 공식 대서인이었다. 글을 쓸 줄 모르는 사람을 위해 다시 글을 써주는 일이었다. 물론 대신 읽어주는 일도 맡아 하고 있었다. 토멕이 이샴의 집에 도착했을 때, 이샴은 땅딸막한 부인에게 편지를 읽어주는 중이었다. 토멕은 방해가 될까 싶어 한구석에 멀리 떨어져 기다리다가 편지 읽어주는 일이 끝나기 무섭게 이샴에게 다가갔다.

"할아버지, 안녕하셨어요?"

가슴팍에 두 손을 모으며 인사하는 토멕을 보며 이샴은 "아이구, 우리 손자 왔구나" 하며 두 팔 벌려 토멕을 맞았다.

사실 두 사람은 진짜 할아버지와 손자의 관계는 아니었다. 나이 든 이샴이 혼자 사는 데다가 토멕 또한 고아인지라 두 사람은 서로를 언제나 그렇게 불렀고, 그만큼 서로를 마음 깊이 아끼고 있었다.

날 좋은 여름이면 이샴은 담벼락 앞에 자그마한 노점을 꾸렸는데, 책상다리로 앉아 책더미에 파묻혀 있는 모습이 그 계절에 마주치게 되는 그의 모습이었다. 고로 그를 만나려면 나무 계단 세 개를 기어 올라가 바닥에 철퍼덕 앉아야 했다. 하지만 대서를 부탁하거나 편지를 읽어달라고 온 손님들은 대개 그렇게 앉기보다는 길에 서서 이샴의 대서나 대독을 기다리곤 했다.

"어서 올라오렴."

토멕은 계단 세 개를 단박에 뛰어넘어 곧장 이샴 곁에 책상다리를 하고 앉았다.

"잘 계셨죠?"

주머니에 넣어 온 과일 젤리를 꺼내며 토멕이 먼저 안부를 물었다.

"요즘 일 많아요?"

"어쿠, 고맙기도 하지."

단것이 반갑기만 한 이샤은 젤리를 받아들며 대답했다.

"전에도 말했지만 난 살아오면서 일을 일이라고 여기며 해본 적이 없단다. 그러니 쉰다는 생각도 해본 적이 없지. 모든 게 그저 흘러가는 삶인 게야."

수수께끼처럼 들리기도 하는 그 말이 토멕은 무척이나 좋았다. 이샤이 먹을 것을 너무 밝히지만 않았더라도 아마도 그는 마을에서 위대한 철학자로 통했을 것이다. 이샤은 단 것을 무척이나 좋아했다. 혹시라도 토멕이 할아버지를 찾아올 때 말랑한 캐러멜, 부드러운 누가 사탕, 목사탕, 감초 사탕 같은 것을 안 챙겨 오면 이샤은 세 살배기 어린아이처럼 금세 뾰로통해지곤 했다. 그중에서도 이샤이 가장 좋아하는 것은 향신료를 넣어 하트 모양으로 구운 작은 빵이었는데, 씹기에 너무 딱딱하면 안 된다는 게 조건이 따라붙었다. 물론 그건 그의 치아 때문이었다.

가게를 오래 비우는 게 마음에 걸렸던 토멕은 얼른 궁금한 것부터 챙겨 물었다.

"이샤 할아버지, 혹시 차르, 아니 카르강에 대해 들어본 적 있으세요?"

그새 과일 젤리를 질겅질겅 씹고 있던 이샤은 잠시 생각하더니 느릿하게 대답했다.

"크자르강이란 건 알지."

"아 맞아요. 그 이름, 크자르. 크자르강."

그렇게 되뇌다 보니 '크자르강의 물이 있나요?'라고 묻던 소녀의 목소리가 들리는 것만 같았다.

"거꾸로 흐르는 강이지."

이샤이 말을 이었다.

"거꾸로… 뭐라고요?"

이런 황당한 얘기는 처음인지라 토멕은 몇 번이고 되물었다.

"거꾸로 흐른다고."

이샤이 또박또박 짚어 다시 한번 들려주었다.

"거꾸로요? 대체 그게 무슨 뜻이죠?"

토멕이 눈을 동그랗게 뜨고 다시 물었다.

"말 그대로지. 강물이 아래로 흐르는 것이 아니라, 위로 거슬러 올라간다고. 어, 토멕, 어째 네 표정이 좀 그런데?"

토멕의 얼빠진 모습에 이샤이 웃음을 터뜨리더니 곧 그 모습이 가여웠는지 바로 설명을 시작했다.

"크자르 강물은 바다에서부터 흐르기 시작한단다. 이해하겠니? 막바지에 도착하는 곳이 바다가 아니라 바로 그곳에서 솟아난다고. 어찌 보면 바닷물을 빨아올린다고나 할까. 그래서 강이 시작되는 부근의 폭이 바다로 흘러가는 다른 보통 강 폭만큼이나 넓다고 하지. 그 주변으로는 희귀한 나무들이 자라는데, 아침이면 활짝 기지개를 켜고 저녁이면 한숨 쉬듯 숨을 내쉰다고 해. 게다가 듣도 보도 못한 신기한 동물들도 그곳에 가득하다고 하지."

"대체 어떤 종류일까요? 위험한 동물일까요?

토멕은 궁금했다.

하지만 이샤은 고개를 저었다. 그 이상은 그 역시 알지 못해서였다.

"뭣보다 놀라운 건, 강물이 '거꾸로' 흐른다는 거야."

"흠, 그렇다면……."

호기심 넘치는 토멕이 이샤의 말을 끊었다.

"강이 바닷물을 끌어 올려 거꾸로 흐른다 치면, 바다 수면이 계속 낮아지지 않겠어요?"

"그래야 맞겠지. 하지만 주위 수십 개의 강줄기가 '제대로 된 방향으로' 동시에 바다로 흘러 들어가 합쳐지니 그렇게 되지는 않는 게지."

"그건 그렇겠네요."

토멕은 수긍하지 않을 수 없었다.

"그렇게 시작된 크자르강은 몇백 킬로미터 땅속을 가로질러 올라간다고 해. 점점 폭이 좁아지고 강물의 양도 점점 줄어들면서 말이야. 세상의 모든 강은 하류로 가며 물이 불어나는데 말이지."

"강은 도대체 어디를 향해 흐르는 거죠?"

토멕이 다시 물었다.

"어쨌든 어디론가 향해 갈 거 아니에요?"

한 번 더, 이샴은 자신도 그건 알지 못한다고 고백했다.

"강이 어디를 향해 흐르는지는 아무도 모른단다. 보통 강처럼 지류가 있는 것도 아니고. 신비할 따름이지. 토멕, 혹시 누가 사탕 가져온 건 없니?"

토멕이 할아버지의 물음에 반응하는 데에는 시간이 꽤 걸렸다. 아무 상관없는 사탕 따위를 떠올리기엔 이미 생각의 골짜기로 너무 깊이 들어가 있던 것이다. 토멕은 주머니를 한 번 더 뒤져보았지만 오늘은 누가 사탕이 없었다.

"할아버지, 좀 있다 바로 가져다드릴게요. 약속해요. 대신 강 얘기를 조금 더 들려주시면 안 되나요?"

누가 사탕이 없다는 말에 실망했는지 이샴은 들리지도 않는 혼잣말로 몇 마디 투덜대더니 설명을 이어갔다.

"어쨌든, 결국에 강물이 도달하는 지점은 '성스러운 산'이라고 불리는 산이라고 해."

"성스러운 산이라고요?"

토멕은 그 이름에 감동을 한 눈치다.

"그렇지 성스러운 산. 그 산에 다가갔던 사람들이 말하기를, 그렇게 위엄 있고 장엄한 광경은 세상 어디에도 없을 거라고들 하더구나. 산 정상 근처로 눈이 덮여있지만 산봉우리는 그 덮인 눈을 훌쩍 넘어 오롯이 솟아 있다고 했어. 생각해보렴 점점 좁아져 산 아래까지 도달한 강이 어떻게 이 산을 넘을지 말이야. 답은 간단해. 강물은 그저 산을 타고 오르는 거야. 높이 올라갈수록 강폭도 점점 좁아져 급류가 되었다가 졸졸 흐르는 냇물로 변하는 거지. 물론 계속해서 거꾸로 흐르면서 말이야. 정상에 이르러서는 겨우 엄지손가락 굵기의 가는 물줄기가 되는데, 바로 거기야. 거기에서 강물은 더 이상 흐르기를 멈추고 움푹 팬 바위 안에 가만히 고인 물이 되는 거지. 크기가 세면대의 반 정도나 되려나. 아무튼 그 물은 너무 맑아서 이루 설명하기 힘들 정도라고 해. 마법의 물인 거지."

"마법이요?"

토멕이 되받았다.

"죽지 않게 해주는 물이란다."

'죽지 않게 해주는 물이라고 하죠. 모르세요?'라고 말하던 소녀의 낭랑한 목소리가 다시 한번 들려왔다. 이샴도 소녀와 똑같은 표현을 쓰고 있었다.

"다만 그 물을 가져온 사람이 아직 아무도 없다는 게 문제지."

이샴이 말했다.

"강의 원천을 찾아서 강줄기를 따라 산 정상까지 올라가 고여 있는 물을 병에 담아 내려오기만 하면 그만일 텐데, 어째서 이제껏 아무도 없을까요?"

토멕이 흥분해 물었다.

"그렇긴 한데, 아직은 정상까지 오른 사람도 없는 듯해. 아니면 누군가가 도달했다 하더라도 내려오는 데 성공하지 못했거나. 알 수가 없지. 내려오는 데까지는 성공했다고 해도 돌아오는 길에 물을 담은 병을 잃어버렸을 수도 있겠지. 사실, 이 모험을 더더욱 힘들게 만드는 골칫거리가 또 있어."

"그게 뭐죠?"

"그런 강도 그런 산도 어쩌면 존재하지 않을지 모른다는 거."

그 말에 침묵이 흘렀다. 참으로 긴 침묵이었다.

그 침묵을 흐트러뜨리며 이샴이 말을 이었다.

"근데 토멕, 대체 누가 네게 그 강 얘기를 들려준 거니?"

토멕은 그제야 자신이 할아버지에게 소녀가 들렀던 얘기를 하러 이곳에 왔다는 게 기억났다. 이제는 자신의 비밀을 털어놓을 때다. 그러면 무언가 더 알아낼 수 있을지도 모른다.

토멕은 모든 기억을 불러들이려고 애를 썼다. 그날 저녁 자신의 가게에서 벌어졌던 일을 작은 것 하나까지 빼놓지 않고 낱낱이 설명했다. 모든 순간순간이 다 떠올랐다. 캥거루 그림도, 약병에 담긴 오렌지빛 사막 모래도, 가게 안으로 들어오려던 고양이까지도 다 새록새록 기억이 났다. 하지만 소녀의 팔을 만졌던 일에 대해서는 굳이 꺼내지 않았다. 세상에 미주알고주알 알릴 필요는 없는 일이니까 말이다.

할아버지는 끝까지 찬찬히 다 들어주었다. 그러고는 토멕을 바라보며 환하게 미소 지었다. 이제껏 보지 못했던 더없이 환하고 부드러운 미소였다.

"얘야, 말해 보렴. 너 혹시 사랑에 빠지거나 한 건 아니냐?"

그 말에 토멕은 당황하여 귓불까지 붉어졌다. 자신에게도 화가 났고 자신을 놀리는, 사탕만 찾는 이 양반에게도 화가 났다. 당장이라도 뛰쳐나갈 기세의 토멕을, 이샴은 힘껏 팔목을 붙잡아 다시 자리에 앉혔다.

"토멕, 잠깐만."

토멕은 순순히 이샤의 말을 따랐다. 오랫동안 토멕은 이샤에게 화가 나본 적조차 없었다.

"그래, 그 소녀가 물병을 가지고 있든?"

"네. 강물을 찾으면 그 병에 담아서 올 거라고 했어요."

이샤은 이번에는 장난기라고는 전혀 찾아볼 수 없는 표정으로 말했다. "토멕, 잘 듣거라. 그 강이 실제로 있는지 없는지는 나도 모른다. 내가 아는 거라고는 몇천 년 동안 수많은 사람이 그 물을 찾아 떠났지만 그 물을 한 방울이라도 가지고 돌아온 이는 아무도, 정말 아무도 없었다는 거다. 머리끝부터 발끝까지 단단히 무장한 사람들이 성공을 다짐하며 길을 나섰지만 성스러운 산에 이르기도 전에 죽어버리고 말았지. 네가 말하는 방랑 소녀가 그 강을 찾아 병에 물을 채우는 일은 내 손등에서 밀이 자라는 일만큼이나 불가능한 거라고 본다."

아, 그럼 소녀에게 어떤 일이 닥치게 된다는 거지…, 한동안 묵묵히 있던 토멕이 혼잣말을 웅얼거리자, 이샤이 웃으며 말을 이었다.

"얘야, 이제 그만 그 일은 잊어버리는 게 좋겠구나. 다 털고 다른 생각을 해보렴. 우리 마을에만도 어여쁜 소녀들이 얼마나 많으냐. 자자, 이제 가봐야지. 가게에서 손님이 기다릴라."

"그러게요. 가봐야겠어요, 할아버지."

토멕이 힘없이 고개를 끄덕였다.

자리에서 일어난 토멕은 이샴에게로 다가가 그의 손을 꼭 잡았다. 그러고는 잡화상을 향해 터벅터벅 처진 발걸음을 옮겼다.

제3장 출발

그날 이후 토멕의 머릿속에는 떠나야겠다는 생각이 내내 맴돌았다. 어떤 날에는 기묘한 꿈까지 꾸었다. 두 뒷발로 사람처럼 서서 달려오는 호랑이 떼에게 소녀가 쫓기는 꿈이었다. 달아나는 소녀가 "토멕! 토멕!" 외치자, 토멕이 나타나 소녀의 손을 낚아채 온 힘을 다해 달린다. 간발의 차로 따라오는 호랑이의 이빨 부딪는 소리가 두 사람의 머리 뒤에서 딱딱거리며 들리지만, 둘은 마지막 순간에 간신히 큰 바위 뒤로 몸을 숨긴다. 그곳에서 토멕은 소녀에게 어떻게 자신의 이름을 알았냐고 묻는다. 소녀는 어깨를 으쓱하며, "세상 사람 모두가 토멕을 아는걸"하고 대답한다. 또 다른 꿈에서는 토멕이 성스러운 산의 꼭대기에서 맑게 고인 물을 내려다보고 있다. 고인 물의 바닥에서 무언가가 반짝여서 들여다보니, 그건 소녀가 막대사탕값으로 주고 간 바로 그 동전이다. 토멕이 동전을 주워 손에 쥐고 돌아서자 그곳에 소녀가 있다. 공주 드레스를 차려입은 환한 미소의 소녀. 소녀의 뒤로는 길들여진 '호랑이 인간'들이 경호원처럼 소녀를 지키고 서 있다.

토멕은 조만간 떠나겠다고, 그것도 새벽녘에 떠나겠다고 마음먹었다. 그 시간이면 그가 없어졌다는 게 바로 드러나지도 않을 테고, 자신이 남기고 간 편지를 이샤 할아버지가 발견할 즈음이면 이미 멀리 가 있을 테니 말이다.

떠나기 전 며칠 동안, 토멕은 들썩이는 마음을 감추기가 힘들었다. 마치 떠날 계획이 이마에 적혀있기라도 하듯, 달라진 눈빛 같은 것이 그의 계획을 드러내기라도 하듯, 가게에 들른 이들이 자신을 묘하게 바라보는 느낌을 받았다. 토멕은 어떤 옷을 입고 떠나야 하나 고민이 됐다. 여행길이 어떨지, 무슨 일이 닥칠지 전혀 알 수 없기에 옷을 정하는 게 쉽지만은 않았다. 날씨가 추우려나? 먼 지방에 가면 후덥지근하진 않으려나? 양털 양말이나 두꺼운 스웨터도 챙겨야 하나? 방한모도? 아니지, 가장 가볍고 편한 옷을 챙기는 게 나은 거 아닐까? 그렇다면 어떤 천으로 된 게 나으려나? 당최 답이 나오질 않았다. 좋아하던 모험 책에서 답을 구해보려 했으나 허사였다. 대부분의 모험가는 별다른 짐 없이 자신이 가장 아끼는 물건만 품에 안고 길을 떠난다. 로빈슨 크루소만 봐도 그렇다. 아니 , 그는 더더욱 짐이 없었다. 표류하면서 모든 걸 잃어 버렸기 때문이다. 막대사탕을 샀던 그 소녀도 별다른 짐이 없지 않았나. 토멕은 그들을 본보기 삼아 정말로 꼭 필요한 물건 말고는 아무것도 가져가지 않기로 마음먹었다.

노숙하는 경우가 부지기수일 테니 쌀쌀한 밤의 기운을 견디게 해줄 따뜻한 양털 담요는 꼭 필요하지 싶었다. 호리병도 하나 챙겼다. 수달 가죽으로 된 게 하나 있으니 그걸 허리띠에 단단히 꿰차고 개인 물병으로 쓰다가 마지막에 강물을 담아오면 될 것 같았다. 물론 크자르강물을 찾게 된다면 말이다.

토멕은 질긴 천으로 몇 센티미터 크기의 작은 주머니 지갑을 만들어 소녀가 준 동전을 넣었다. 그녀를 만나면 돌려줄 참이었다. 하지만 이 또한 그녀를 찾게 된다는 조건 아래에서였다. 바지 주머니에는 곰잡이용 칼 하나를 호신용으로 챙겨 넣고, 예전에 엄마가 토멕 이름 첫 글자를 따서 T를 수놓아주었던 손수건도 챙겨 넣었다.

떠나기 전날 저녁, 빠진 것은 없나 마지막으로 한 번 더 확인한 뒤, 토멕은 계산대에 자리를 잡고 앉았다. 그리고는 오일 램프에 불을 붙이고 이샴 할아버지에게 다음과 같은 편지를 쓰기 시작했다.

이샴 할아버지께

할아버지. 할아버지는 늘 다른 사람의 편지를 읽어주는 일을 해오셨죠. 하지만 이 편지는 소리 내어 읽지 않으셔도 돼요. 할아버지께 보내는 편지니까요. 이렇게 훌쩍 떠나는 게 할아버지 마음을 아프게 할 거란 걸 알아요. 먼저 용서를 구합니다. 할아버지, 저는 오늘 크자르강을 찾아 떠납니다. 만약 발견하게 된다면 그 물을 할아버지께 꼭 가져다드리고 싶어요. 가는 길에 전에 말씀드렸던 그 소녀를 만나기를 바라고 있어요. 그녀도 분명 그곳을 향해 가고 있을 겁니다. 잡화상 열쇠를 할아버지께 맡길게요. 가지고 가면 십중팔구 잃어버릴 테니까요. 되도록 빨리 돌아올게요. 곧 봬요.

토멕 올림

편지를 봉투에 집어넣으려는데 끝도 없는 눈물이 뺨을 타고 흘러내렸다. 할아버지는 최근 몇 달 사이에 부쩍 늙으셨다. 눈에 띌 정도로 뺨이 푹 패고 손은 낡은 양피지처럼 쭈글쭈글해졌다. 과연 내가 돌아올 때까지 살아계실까? 아니, 내가 다시 돌아올 수는 있을까? 확신할 수 있는 건 아무것도 없었다.

토멕은 옷을 입은 채 침대에서 잠을 청했다. 꿈도 없는 잠을 몇 시간 자다가 깼더니 아직 밤이었다. 여린 달빛이 가게

뒤편으로 내리고 있었다. 토멕은 벌떡 일어섰다. 가슴이 벅차올랐다. 아, 오늘이다! 끝도 없이 견뎌온 영원 같은 시간을 뒤로 하고 마침내 그의 인생에서 가장 행복한 날이 찾아온 것이다. 크자르강을 찾고야 말리라, 기필코 찾으리라. 성스러운 산에 올라 그 물을 꼭 떠 오리라. 소녀와도 기필코 다시 만나 그녀의 동전을 돌려주리라!

토멕은 큰 볼에 담은 따끈한 코코아 한 잔과 잼과 버터를 바른 빵 여러 개를 맛있게 먹어 치웠다. 춥지 않게 옷을 잘 챙겨 입은 다음 물병은 허리띠에 잘 매달려 있는지, 작은 주머니 지갑은 셔츠 안쪽에 잘 있는지, 챙기겠다고 생각한 것들 모두 주머니마다 잘 들었는지 확인한 다음 큰 빵 한 조각을 마저 챙겨 넣었다. 마지막으로 양털 담요를 단단히 말아 어깨에 메고는 문밖으로 나섰다. 그러고는 이제껏 살면서 단 한 번도 해보지 않은 일을 했다. 가게 입구의 나무 팻말을 돌려놓는 일이었다. 늘 변함없이 '영업 중'을 알리던 팻말은 이제 '문 닫음'을 알리고 있었다. 토멕은 조용히 마을 길을 지나 이샴 할아버지의 노점에 도착했다. 노점 천막은 내려져 있었다. 토멕은 조심스레 천막을 들추고 할아버지의 자그마한 책상 위에 잡화상 열쇠를 놓았다. 작별 인사 편지가 든 봉투와 큼지막한 누가 사탕 한 조각과 함께.

"할아버지, 그럼 안녕히……."

토멕은 할아버지가 듣기라도 할까 속삭이듯 인사하고 천막을 빠져나왔다. 몇 걸음 걸어가다 토멕은 마지막으로, 정말 마지막으로 할아버지가 계신 곳을 한 번 더 바라보았다. 그리고는 큰 걸음으로 성큼성큼 걷기 시작했다. 수도 없이 오가던 이 길이었건만 이제 돌아가는 일은 없으리라. 이번에는 앞으로만, 앞으로만 걸었다. 이제 막 시작된 어린 모험가의 여정을 격려라도 하듯이 야생 거위 떼가 V자를 그리며 하늘 높이 날아가고 있었다. 토멕처럼 남쪽을 향해서였다.

"그래, 나도 곧 갈게!"

새들에게 인사를 띄워 보내는 토멕의 가슴이 기대와 행복으로 벅차올랐다.

당시의 지리학적 지식이란 애매하기 그지없었다. 지구가 둥글다는 사실이 밝혀지긴 했으나, 그 사실을 진정으로 확신하는 사람은 많지 않았다. "지구가 진짜 둥글다면 아래쪽에 있는 사람들은 머리가 아래로 가고 발이 위로 와있다는 거야? 그런데도 떨어지지 않는 건 뭐지? 발바닥에 풀칠이라도 한 건가?" 오늘날처럼 정확한 지도도 길 안내 표지판도 없는 시절이었다. 해와 달을 보며 길잡이로 삼고, 별을 따라 방향을 확인하면서 이동할 뿐이었다. 그렇기에 그때는 꽤 자주 길을 잃을 수밖에 없었다는 것을 한 번 더 밝히고 넘어가려 한다.

토멕은 일단 남쪽으로 계속 걸어가기로 했다. 이샴 할아버지 말에 따르면 그렇게 남쪽으로 가다 보면 바다가 나온다고 했다. 일단 바다에 당도한 뒤에, 크자르강을 찾으려면 어느 쪽으로 가야 하는지 다시 정하기로 했다. 토멕은 온종일 걷고 또 걸었다. 아직은 익숙한, 굽이굽이 언덕이 펼쳐진 풍경 속을 쉬지 않고 내리 걷다가 잠시 걸음을 멈추고 빵과 물을 챙겨 먹었다. 나무에서 딴 과일도 조금 먹었다.

시간이 흘러 저녁이 가까워질 무렵, 저 멀리 지평선이 차츰 넓어지는 듯하더니 지평선을 따라 끝 간데 없는 길고 검은 띠가 펼쳐졌다. 몇백 미터 앞으로 다가서서야 그 검은 띠의 정체가 숲이란 것을 알 수 있었다. 태어나 그렇게 거대한 숲은 처음이었다. 그 숲을 가로지른다는 생각이 썩 내키지는 않았지만 숲을 돌아간다면 며칠이나 더 걸어야 할 터였다. 아니 어쩌면 몇 주일일지도 모른다. 하루하루가 이미 충분히 고된데 며칠을 더? 토멕은 어느새 조금씩 지쳐가고 있었다. 뒤돌아 조금 걸어 나오다 보니 외떨어져 서 있는 나무 한 그루가 눈에 들어왔다. 우산처럼 펼쳐진 가지들이 땅에 끌릴 정도로 길게 흐드러져 있었다. 토멕은 가지를 헤치고 안쪽으로 들어가 담요로 몸을 감싸고 누웠다. 졸려서 정신이 비몽사몽한데도 길동무가 하나 있었으면 좋겠다는 생각만은 절실했다. 모험가들을 보면 다들 같이 걷는 길동무가 있는데 말이지, 그러면 한결 덜 외로울 텐데……. 그러고는 물밀듯 몰려오는 노곤함에, 홀로 걷는 외로움과 서글픔을 더 한탄할 새도 없이 토멕은 금세 잠 속으로 빠져들었다.

제4장 망각의 숲

잠에서 깨어보니 주위가 온통 낯설었다. 자기 방 침대 위가 아님을 깨닫는 데에 몇 초의 시간이 흘렀다. 주위로 하나둘 떨어져 내리는 나뭇잎을 보고서야 모든 것이 단박에 정리되었다. 그래, 새벽에 길을 떠났었지, 들판을 걷고 걸어 외떨어진 이 나무까지 왔던 거야. 떠나온 것이 사무치도록 실감 나는 순간이었다. 떠난다는 게 더 이상 꿈이 아니었다.

노랗고 파란 깃털의 자그마한 새 한 마리가 나뭇잎을 등지고 앉아 휘파람 같은 소리로 이렇게 노래를 부르고 있었다. "토멕, 일어나! 일어나 토멕!" 토멕의 얼굴에 웃음이 번졌다. 전날 아침, 마을을 떠나올 때 가슴에 차올랐던 그 뻐근한 행복감이었다. 그 자유로움, 그 기쁨이었다. 여행이란 게 이런 거라면 세상을 세 바퀴 돌라 해도 기꺼이 돌겠다는 생각이 들었다.

밤새 몸을 뉘었던 나뭇가지 안쪽에서 빠져나오려는데 바

깥쪽에서 이상한 소리가 들려왔다. 종이 구기는 소리 같기도, 잔가지를 쌓는 소리 같기도 했다. 그러더니 나뭇가지를 부러뜨리는 건지, 마른 소음도 연이어 들렸다. 토멕은 꼼짝하지 않고 그 자리에 서서 귀를 기울였다. 조금 지나자 누군가가 후후하며 연이어 입김 부는 소리가 들렸다. 불을 붙이고 있는 게 틀림없었다. 토멕은 나가볼까 말까 망설였다. 위험한 사람일까? 공격하면 어쩌지? 그렇다고 막연히 저 사람이 떠나기만을 기다리다가는 시간이 지체되고 말 텐데. 금방 자리를 털고 일어날 사람이 저렇게 불을 붙이고 앉았을 리는 없으니까 말이야. 토멕이 고민에 빠져있는 사이, 여자 목소리가 들려왔다. 분명히 여자 목소리였다. 그녀는 나지막이 노래를 흥얼거리고 있었다.

당나귀, 우리 당나귀는
발이 너무 아파요……

그 뒤 소절은 모르는지 벌써 몇 번째 이 부분만 되풀이해 부르고 있었다. 그녀가 바쁘게 움직이는지 냄비 부딪는 소리에 물을 붓는 소리가 들려왔다. 그리고는 아까와 같은 "당나귀, 우리 당나귀는……." 노래가 흘렀다. 기분이 좋은가 보네, 토멕은 생각했다. '당나귀, 우리 당나귀는 발이 너무 아파요',

이런 노래를 부르는 사람이 나쁜 사람일 리가 없을 거라는 생각도 들었다. 토멕은 나뭇가지를 살살 헤쳐 그 사이로 눈만 빼꼼 내밀었다.

역시나 여자였다. 옷차림이 괴상하긴 했지만 아무튼 여자였다. 키는 작은 편에 꽤 통통했다. 몇 겹이나 될는지, 겹겹이 옷을 껴입고 있었는데, 어째 그 옷들이 서로 어울리지는 않아 보였다. 조각조각 붙여 기운 양털 양말 위로 치마를 껴입고 그 위로 스웨터를 길게 걸쳐 입은 것이, 절대 추울 리는 없어 보였다. 더 가관인 것은, 두 귀를 푹 덮어버린 천 모자와 엄청나게 큰 반장화 스타일의 신발이었다.

"어머, 어머! 역시나 배고픈 건 숲속 늑대도 못 이긴다니까! 어때, 커피 좋지?"

"아, 네, 부인… 안녕하세요……."

대답은 했지만 토멕은 이제껏 커피란 걸 마셔본 적이 없었다.

몹시도 수줍어하는 토멕을 보며 여인은 웃음을 터뜨렸다.

"뭘, 부인씩이나… 됐어, 됐어. 그냥 마리라고 부르면 돼. 얼른 돌을 주워다가 불 가까이 와 앉으렴."

깔고 앉을 돌을 찾아 나무 근처를 서성이다가 토멕은 풀을 뜯어 먹고 있는 당나귀와 낡은 마차를 발견했다. 토멕이 물었다.

"데리고 온 당나귀인가요?"

"응, 카디숑이라고 해. 진짜 영리하단다. 뭐, 고집스러운 구석이 없진 않지만 아주 영리해. 그리고 용감하지. 안 그러냐, 카디숑?"

신기하게도 당나귀는 그 말에 몸을 바로 일으켜 세우더니 고개를 끄덕였다. 그리고는 눈을 덮다시피 길게 자란 갈기 사이로 주인을 응시했다.

"한쪽 눈이 멀었어. 애꾸지."

땅딸한 여인이 덧붙였다.

"글쎄 곰들이……."

"곰이요?"

주워 온 돌을 땅에 내려놓으며 토멕이 물었다.

"응, 저 숲에 곰들이 얼마나 설쳐대는지 몰라."

"그렇군요."

토멕은 저 멀리, 미동도 없는 절대 적막의 거대한 검은 띠를 향해 눈길을 돌렸다.

한동안 저 숲을 잊고 있었다는 생각이 퍼뜩 들었다.

"저 숲을 건너갈 수 있을까요?"

두툼한 호밀빵에 잼을 넉넉히 발라 차곡차곡 쌓던 여인이 순간 움직임을 멈추며 되물었다.

"저 숲을 가로질러 가려고?"

"네."

이렇게 대답하고 나니 무언가 엄청난 것을 말한 느낌이었다. 토멕은 말을 조금 바꾸는 게 나은가 싶어 곧장 이렇게 덧붙였다.

"아니, 뭐, 돌아가도 좋고요……."

"돌아간다고?"

이 말에 여인이 어찌나 신나게 웃던지 결국 토멕도 따라 웃게 되고 말았다.

두 사람은 배가 당겨와 눈물이 날 지경까지 그렇게 한참을 웃었다. 특히나 토멕이 "아니, 뭐, 돌아가도 좋고요……."로 가끔 추임새를 넣을 때면, 땅딸한 여인은 "물론, 돌아갈 수 있지! 돌아갈 수 있어!" 하며 더 크게 웃었다.

웃음이 좀 가라앉자 마리가 마차에서 바구니를 하나 들고 왔다. 바구니에는 버터 한 덩어리, 딸기잼과 산딸기잼 각각 한 병, 양젖으로 만든 커다란 치즈 한 덩이, 작은 병에 담긴 우유, 설탕 한 상자가 담겨 있었다. 그 사이 냄비 속 커피는 한껏 뜨거워졌고 마리는 커피를 컵에 부어 토멕에게 건넸다. 먹을 게 가득 든 바구니도 토멕 쪽으로 밀어주며 마음껏 들라 권했다. 두 사람은 별다른 얘기 없이 음식에 집중했다. 마리가 곧 담배를 하나 말아 피우기 시작했는데, 여자가 담배 태우는 걸

단 한 번도 보지 못했던 토멕에게는 놀라운 장면이었다.

"넌 이름이 뭐니?"

후우, 하고 담배 연기를 내뿜으며 마리가 물었다.

"토멕이요. 토멕이라고 해요."

"그렇구나. 토멕, 네가 알아두어야 할 게 있다. 네 말대로 숲을 돌아간다는 건 말이지……."

다시 튀어나온 그 표현에 두 사람은 또다시 터져 나오는 웃음을 참을 수가 없었다.

"숲을 돌아가려면 아마도 2년은 걸릴 게다."

"2년이나요."

토멕은 기가 막혔다.

"이 숲은 '모든 숲의 바다'라고 불린 만큼 세상에서 제일 오래되고 제일 광활하고 제일 긴 숲이야. 너, 이 숲의 이름을 알고 있니?"

"아뇨."

"그 이름은……. 카디숑!"

카디숑이라, 무시무시한 숲의 이름치고는 안 어울리는 이름이다 싶었는데, 역시나 그건 그때 마침 마리가 당나귀의 이름을 부른 거였다.

"카디숑, 치즈 한 쪽 줄까, 후식으로?"

카디숑은 꼬리를 흔들었다. 좋다는 의미 같았다. 그걸 보고 마리가 곧장 치즈를 가져다주었으니 말이다.

"망각의 숲이야. 왜인 줄 아니?"

"왜죠?"

자신의 무지가 새삼스레 답답해진 토멕은 바로 이유를 물었다.

"왜 망각의 숲이냐 하면 말이지, 그 숲으로 들어가자마자 세상 사람들에게 잊혀지기 때문이야."

"그게 무슨 말씀이신지……."

"토멕, 너무 존대 말고 편하게 말하렴. 내가 무슨 영국 여왕도 아니잖니."

"한 번 숲에 들어가면 다시는 돌아 나올 수 없으니 잊혀진다는 뜻인가요?"

"아니, 그 뜻이 아니라 숲에 발을 들이는 순간, 바로 그 순간에 세상 사람들의 기억에서 사라지게 된다는 뜻이야. 마치 이제껏 존재하지 않았던 사람처럼, 원래부터 없었던 사람처럼 말이야. 더 이상 존재하지 않는 사람이 되는 거지. 망각의 숲이 그 모든 것을 삼켜 버리는 거야. 그 사람은 물론 그 사람에 대한 모든 기억까지도. 눈에서고 기억에서고 완전히 사라져버리는 거라고. 이제 알겠니?"

"아직도 이해가 잘 안 가요."

"좋아, 그렇다며 예를 하나 들어보자. 네 부모님은 지금쯤 네 생각을 하고 계시겠지? 네가 어디쯤 가고 있을지, 네가……."

토멕이 말을 끊었다.

"전 부모님이 안 계셔요. 고아거든요."

"좋아, 그렇다면 너를 아주 잘 알고 너를 아끼는 사람 이름 하나를 대보렴."

토멕은 주저 없이 대답했다.

"이샤. 제가 가장 아끼는 사람이에요."

"그래 됐다. 지금 얘기한 그 사람은 지금쯤 분명히 네 생각을 하고 있을 거야. 네가 잘 지내고 있는지, 언제쯤이면 돌아올지 그런 생각에 빠져 있을 거야, 그렇지?"

"네, 그럴 겁니다."

대답하는 토멕의 가슴이 시큰해 왔다.

"자, 그럼 이제 생각해보자. 토멕 네가 망각의 숲에 발을 들일 때 에샤은……."

"이샤이거든요."

토멕이 고쳐줬다.

"그래, 이샤. 네가 망각의 숲에 발을 들이면 너에 대한 그 어떤 기억도 더 이상 이샤에게 남아 있지 않게 되는 거야. 그래서 누가 토멕의 안부를 물으면, 그런데 사실 이 질문부터 말이 안 되네. 왜냐하면 존재하지 않는 사람에 대한 안부를 물을 사람이 어디 있겠니. 아무튼 일단 누군가 너의 소식을 이샤에게 물었다 치자고. 그러면 이샤은 이렇게 대답할 거야. '누구? 누구 얘길 하는 거야?'라고 말이야. 네가 망각의 숲에 머물러 있는 동안은 그 현상이 지속될 거야. 반대로 숲에서 빠져나오는 순간, 만일 빠져나온다면 말이지, 모든 것이 다시 예전으로 돌아갈 테고, 네 친구 이샤도 다시 '이 녀석 대체 이 시간에 어딜 가서 뭘 하고 있는 거지?'라고 생각하게 될 거야."

"만약에… 만약에 혹시라도 다시 빠져나오지 못한다면요?"

토멕이 물었다.

"숲에서 나오지 않으면 영원히 잊혀지는 거지. 너의 이름은 더 이상 사람들에게 아무런 의미도 없는 거야. 본래부터 세상에 없었던 사람이니까."

세상에 이런 섬뜩한 일이 있으리라고는 상상도 못 했었다. 숙연해진 토멕은 아무 말 없이 그저 커피와 잼 바른 빵을 마저 먹었고 그러는 동안 마리는 담배를 태웠다. 갑자기 토멕에게 기막힌 생각이 떠올랐다.

"마리, 만일 마리가 숲에 당장 1미터만 들어가도 내가 마리를 기억 못 하게 되는 거예요?"

"바로 그거야. 왜, 재미있을 것 같아서 한번 해보고 싶은 게냐?"

'재미있다'라는 말은 정말이지 이럴 때 어울리는 표현은 아니었다. 사실은 두렵기까지 했다. 하지만 토멕은 어쨌든 그 실험을 한번 해보기로 했고, 두 사람은 아침 먹은 자리를 서둘러 치우고는 모닥불을 끈 뒤 카디숑이 끄는 마차에 올라타고 달리기 시작했다.

"이랴, 카디숑!"

당나귀는 다그닥거리며 달리기 시작했고, 몇 분 지나지 않아 두 사람은 숲에 이르렀다. 정말 이 기묘한 경험을 해보고 싶은 게 맞는지 고민에 사로잡힌 토멕과는 달리, 마리는 어느새 마차에서 내려서고 있었다.

"자, 토멕. 내가 카디숑과 함께 숲속으로 몇 미터 들어가 볼게. 그리고 3분쯤 있다가 다시 나올 거야. 그러는 사이에 너까지 숲으로 들어오겠다는 생각만 하지 않기를 바랄 뿐이다. 그러다가는 서로를 찾는 일이 아주 복잡해질 테니까. 아니지, 오히려 찾아야 한다는 생각 자체를 못 하게 되겠지. 토멕, 너 몇 살이지?"

"열세 살이요."

"그렇다면 안심이다. 이런 숲에 혼자 들어갈 생각을 하는 열세 살짜리 꼬마는 없을 테니까. 자, 가자, 카디숑!"

당나귀가 슬슬 걸음을 떼며 마차를 끌기 시작했다. 마리는 마지막으로 한 번 더 손을 흔들었고, 마차는 곧 망각의 숲의 검은 나무줄기 사이로 빨려 들어가듯 사라졌다.

토멕은 자기 앞을 가로막은 엄청난 나무 벽을 좀 더 제대로 보기 위해 뒤로 열 발짝 정도 물러섰다. 아주 어둡고 울창한 소나무 군락이었다. 높이가 80미터는 족히 되어 보였다. 숲으로 굳이 들어가지 않고서도 그 신선한 기운이 느껴질 정도였다. 숲 안쪽은 너무 어둡겠다 싶어, 아무래도 숲을 가로지르기보다는 돌아가는 편이 낫겠다는 생각이 들었다. 그런데 왠지 돌아간다는 생각에 토멕은 묘하게 웃음이 날 것만 같았다. 전혀 웃기거나 한 얘기가 아닌데 말이다. 아마도 며칠, 아니면 몇 주가 더 걸릴지도 몰라… 토멕은 기운이 빠졌다. 같이 걸을 길동무만 있다면 모든 것이 다르게 보이고, 다르게 느껴질 텐데. 둘이라면 서로를 격려하기도 이끌기도 하며 같이 웃기도 하고 급할 때는 서로 구해줄 수도 있을 텐데. 돌아보면 마을을 떠나온 뒤 사람이라고는 만나 본 적이 없었다. 그저 혼자 걷고 또 걷다가 큰 나무를 찾아 그 아래서 담요를 둘둘 감고 잠이 드는 게 다였다. 앗, 내 담요, 담요를 어디에 뒀지?

얼른 다시 나무로 뛰어가 가지를 헤치고 둥치 근처를 훑어 보았다. 아, 다행히도 담요는 거기 있었다. 앞으로 더 주의하자. 모험가는 절대로 자기 물건을 길에서 잃어버리거나 하지 않아, 특히나 물건이 몇 되지 않을 때는 더더욱. 토멕은 다짐했다. 가지 밖으로 막 나오는데 불을 지폈던 흔적이 눈에 들어왔다. 어제 여기 도착했을 때는 아무것도 없었는데, 그렇다고 그사이 누가 온 것도 아닐 테고. 참으로 이상한 일이었다.

토멕은 담요를 둘둘 말아 어깨에 걸치고는 숲을 향해 몇 걸음 걸었다. 어쩌면 생각보다 그리 거대한 숲이 아닐지도 몰라. 지금 걸음으로 쉬지 않고 걷는다면 정오 전에 숲에서 빠져나올 수 있을지도 몰라. 아무리 지체된다고 해도 밤이 내리기 전에는 빠져나오겠지. 위험한 상황에 처해도 주머니에 칼이 있으니까 걱정할 거 없을 거야.

숲으로 들어서기 전 토멕은 잠시 멈칫했다. 아침에 아무것도 먹질 못했구나 하는 생각이 문득 들어서였다. 종일 힘내 걸으려면 뭐라도 먹어둬야지 싶긴 한데, 희한하게도 배가 고프질 않았다. 아니, 오히려 배가 부를 대로 부른 느낌까지 들었다. 에잇, 모르겠다. 그냥 가자! 토멕은 다시 숲을 향해 걸었다.

숲으로 막 들어서려는데 나뭇가지 바지직 부러지는 소리가 근처에서 들려왔다. 앗, 짐승인가? 아니면 사람? 소리는 점점 다가오고 있었다. 토멕은 황급히 뒤로 물러서 높게 자란 풀숲 뒤로 몸을 숨기고는 어둠 속에서 무엇이 나타나는지 바라보았다. 그의 눈에 먼저 들어온 것은 당나귀의 두 귀였다. 이어 당나귀가 끄는 마차가 보였고 마차에서 활짝 웃고 있는 땅딸한 여인이 보였다. 그제야 마음이 놓인 토멕이 몸을 일으켰다.

"토멕, 어때? 기억이 다시 돌아왔어?"

마리가 경쾌한 목소리로 물었다.

토멕은 얼른 마차로 달려갔고, 마차에서 내린 마리는 토멕을 향해 반가운 듯 두 팔을 활짝 벌렸다. 토멕은 차마 그 품 안으로 덥석 달려들지는 못했다. 아직은 그녀를 그리 잘 알지 못하는데, 하는 생각이 들어서였다. 토멕은 그저 두 손을 내밀어 마리의 손을 꼭 쥐었다. 두 사람은 그렇게 친구가 되었다.

제5장 마리

숲의 초입은 염려했던 것만큼 그리 빽빽하지도 컴컴하지도 않았다. 도리어 나무 꼭대기로 쏟아지는 햇살이 소나무의 가지 사이사이를 타고 퍼지면서 가느다란 빛줄기가 폭포처럼 떨어져 내리고 있었다. 숲 안쪽으로 곧게 뻗은 길에는 이끼가 어찌나 푹신하게 덮여 있던지 카디숑의 발굽 소리가 들리지 않을 정도였다. 어린 당나귀는 마리와 토멕이 탄 마차가 그리 무겁지 않은지 신나게 달렸다. 마리가 알려준 바에 따르면 아직은 곰을 염려할 때는 아니었고, 5시간쯤 더 가면 곰이 무리 지어 사는 곳을 지나니 그때 조심해야 했다. 길을 가는 동안 두 사람의 대화는 끝도 없이 이어졌다. 아직은 서로에 대해 아는 게 별로 없긴 했지만, 어떤 얘기를 하건 통하는 점이 참 많다는 기분 좋은 느낌이 들었다. 그렇게 이야기를 나누는 동안 토멕은 어제 그 외딴 나무 아래가 마리가 잠을 청하는 곳임을 알게 되었다. 그리고 어제, 자신의 자리에 떡하니 누워 있는 낯선 소년의 모습에 마리가 무척 놀랐지만, 소년이 너무 곤히 자는지라 깨우지도 못하고 대신 마차에서 밤을 보냈다는 것도 알게 되었다. 마리는 1년에 단 한 번 숲을 건넌다고 했다. 그리고 마침 그게 오늘이라 토멕과 함께 나설 수 있었던 거라고 했다. 토멕이 그 이유를 묻자 마리는 잠시 주저하더니 토멕에게 물었다.

"진짜 궁금하니?"

"네."

토멕이 대답했다.

"혹시 궁금하다면 내가 숲을 건너려는 이유도 들려줄게요."

"좋아, 그렇다면. 좀처럼 이 얘기를 꺼낼 기회가 많지 않은데 아무튼 이렇게 얘기하려니 괜스레 기분이 좋아지려 하네. 자, 자리 잡고 편히 앉아. 긴 얘기가 될 테니까 말이야."

토멕은 이야기 듣는 것을 매우 좋아했다. 바깥 기운이 서늘했으므로 담요 안으로 몸을 쏙 파묻고 얼른 자리를 잡고 앉았다. 마리는 느릿하게 담배 한 개비를 말더니 조끼를 하나 더 껴입고 나서야 이야기를 시작했다.

"토멕, 지금 내 모습을 보면 상상하기 힘들겠지만… 아, 괜찮아, 화 안 나, 더는 안 나. 아무튼 10년 전의 나는, 정말 예쁜

아가씨였단다. 눈이 부실 정도였지. 게다가 우리 아빠는 마을에서 가장 부유한 상인이었어. 그랬으니 나랑 결혼하겠다고 얼마나 줄을 서댔겠니. 난감할 정도였지. 왜, 꿀단지 주위로 달려드는 벌 떼 있지? 딱 그랬어. 온 청년들이 내 주위로 몰려들었으니까. 근데 정작 나는 결혼에 아직 관심이 없었어. 그저 창문 아래 길게 줄을 선 사람들을 내려다보는 게 신기하고 재미있을 따름이었지. 정말 별별 사람들이 다 있더라고. 키 작은 사람, 뚱뚱한 사람, 못생긴 사람, 미남이다 싶은 사람, 소름 끼치는 사람, 몸이 배배 꼬인 사람, 꼿꼿하다 싶은 사람, 다리가 완전히 휜 사람까지… 정말 온갖 사람이 다 있었지. 그러니 창문 너머로 그들을 내다보는 게 어찌 재미없을 수가 있겠니. 가끔 그들의 모습에 웃음을 참지 못하겠으면, 나는 언니들과 커튼 뒤로 숨어 입을 틀어막고 웃곤 했지. 그렇게 시간은 흘렀고, 언니들이 먼저 결혼했어. 난 딱 언니들처럼만 하고 싶었어. 그래서 가장 나은 사람을 내 손으로 직접 골랐지. 잘생긴 청년이었어. 아름답게 생겼다는 말이 더 어울리려나. 키도 훤칠했고, 조각 같은 얼굴에는 기품이 서려 있었지. 게다가 똑똑하기까지 했어. 그가 말하는 걸 들으면 금세 기분이 좋아졌는데, 주위에서도 이구동성으로 그렇게 평했어. 게다가 부자이기까지 했으니 말 다 한 거지. 어쨌든 설명을 조금 더 붙이자면, 그는 내게 상냥하기 그지없었고 내가 원하는 게 뭔지 늘 관심을 가지고 바라봐 주었어. 이쯤 되면 내가 얼마나 드물고 귀한 사람을 만난 건지 알 수 있겠지? 결혼식은 그로부터 두 달 뒤에 치러졌어. 더없이 기뻤지. 정말 모두가 행복했어. 물론 그 누구보다 행복에 겨웠던 건 나였을 거야. 그런데 토멕, 그러다가 일이 벌어지고 만 거야. 좀 천천히 달려, 카디숑!"

마차가 덜컹거릴 정도의 전속력으로 질주하던 카디숑은 주인의 말을 듣고서 곧 속력을 늦췄다.

"그래, 일이 벌어진 거야. 결혼하고 사흘이 채 지나지 않았을 때였어. 나는 무언가가 편치 않다는 걸 깨달았지. 나는 남편을 사랑하고 있지 않았던 거야."

"사랑하지 않았다고요?"

놀란 토멕이 두 눈을 동그랗게 뜨고 물었다.

"응, 남편을 사랑한 게 아니었던 거지."

마리는 참지 못하고 웃음을 터뜨렸고 곧이어 토멕이 따라 웃었다.

"전혀요?"

"응, 전혀, 전혀!"

두 사람은 배를 잡고 데굴데굴 구르며 한바탕 웃어젖혔다. 또다시 웃음바다였다. 오호, 정말 독특한 사람인걸. 웃다가 나온 눈물을 닦으며 토멕은 생각했다.

몇 분이 지났을까. 그칠 줄 모르고 미친 듯 터져 나오던 웃음이 가라앉아 마리는 다시 얘기를 이어갔다.

"헤어진다는 건 말도 안 되는 소리였어. 세상이 뒤집힐 일이었지. 이제 와서 내가 마음속 진실을 고백한다 생각해보렴! 내게 결혼을 강요한 사람은 아무도 없었어. 그러니 원망할 사람은 바로 나였지. 나 자신뿐이었다고. 남편을 고른 사람은 다름 아닌 나였으니까! 생각이 없었던 거지. 몸만 컸지 스무 살에 뭘 알았겠니. 나는 나를 즐겁게 해줄 사람이 필요하다는 걸 잠시 잊었던 거야. 나란 사람은 웃는 걸 무척이나 좋아하거든. 아마도 벌써 눈치챘겠지만 말이야. 그는 재미있는 사람이 아니었어. 그걸 너무 늦게 깨달은 거야. 그렇게 끔찍한 며칠이 지나갔고, 내 인생 이제 끝이다, 다 망쳤어, 더 이상 어쩔 수가 없다는 생각에 난 막막해졌지. 결혼한 지 일주일이 채 안 된 어느 날 밤, 난 침대에서 살그머니 빠져나왔어. 손에 잡히는 망토를 아무거나 걸쳐 입고 아무 신발이나 구겨 신고 무작정 밖으로 뛰쳐나왔지. 그 길로 곧장 오래전부터 알고 지내던 과일 장수 피트에게 달려가 창문을 두드렸어. 장에 가면 늘 그의 리어카에서 과일을 샀었거든. 그는 나를 사랑하고 있었어. 그건 누가 봐도 다 보였지. 나 역시 성격 좋고 재미난 그가 너무 좋았더랬어. 창문을 열고 드디어 피트가 나왔어. 나는 물었지.

'날 데리고 가줄래?'

'어디로?'

'어디로든, 여기서 먼 곳이라면 어디든!'

피트는 내게 언제 돌아와야 하는지, 다시 돌아오긴 할 건지, 그런 건 묻지도 않았어. 그는 2분 후에 나와서 마차에 당나귀를 매고는 손에 잡히는 옷가지 몇 벌을 마차에 던져 넣었어. 우리는 그 길로 마을을 떠났지. 그때 나는 다 알아버린 거야. 이 사람이야말로 내가 평생 사랑할 사람이란 걸. 결혼한 남편을 절대로 사랑할 수 없으리란 느낌이 밀려들던 그때처럼 너무나도 선명하고 명쾌한 깨달음이었지. 인생에서 진정 중요한 일은 이렇게 단숨에 이뤄지기도 한단다. 아무튼 어린 당나귀는 그렇게 밤새도록 달렸어. 그런데 어느 순간 갑자기 울음이 북받치고 만 거야. 언니들에게 한마디 인사도 없이 떠나왔음을 그제야 깨달은 거지. 그런데 바로 그때 당나귀가 방귀를 뀌는 거 있지. 키 작은 피트가 '저놈 방귀쟁이거든, 좀 봐주라'라고 했어. 그런데 그 방귀가 계속 이어지는 거야. 그 소리에 우리가 웃음을 멈추지 못하니까, 우리가 웃을 때마다 당나귀도 방귀를 뀌는 거야. 뭐랄까, 진정 감동의 순간이었어. 사랑하는 두 연인은 야반도주를 하고, 밤하늘의 별은 반짝이고, 당나귀는 뿡뿡 방귀쟁이고! 사실 지금 우리 마차를 끄는 카디숑은 그때 그 당나귀의 손자야. 할아버지 당나귀만큼 훌륭한 당나귀란 걸 너도 지켜보면 곧 알게 될 거야. 아무튼 피트와 난 그렇게 떠돌아다니며 과일과 채소를 팔며 1년을 살았지. 들키거나 발각되면 안 되겠다 싶어서 난 살을 찌웠어. 언제나 어떻게 하면 살을 빼고 몸무게를 줄일까 궁리만 하던 내가 말이야. 하지만 해보니 그것도 할만하더군. 피트도 그런 내 모습을 싫어하지 않았어. 가끔 '나의 통통한 귀염둥이'라고 부르며 온몸에 뽀뽀를 퍼붓기도 했지. 우리는 돈에 연연하지 않고 살았어. 오히려 돈과는 거리가 멀었지. 그래도 우리가 얼마나 웃고 살았는지, 얼마나 웃으며 행복했는지 몰라. 아마도 내 인생에서 가장 환히 빛났던 시절이었을 거야. 그러다가 기마병이 우리 뒤를 쫓고 있다는 소문을 듣게 됐어. 내가 도망친 이후로 죽 우리를 찾고 있었다는 거야. 우리는 망각의 숲에 대해 들은 적이 있었어. 망각의 숲, 당시 우리에게 너무도 절실한 공간이었지. 사람들이 우리에 대한 기억을 모두 잊으면 아무도 우리를 괴롭힐 일이 없을 테니까. 그 이상은 바라지도 않았어. 그저 조용히 살 수 있기만을, 그저……."

그 말을 듣는데 토멕의 온몸에 소름이 돋았다. 자신이 지금 어디에 있는지 그게 어떠한 의미인지가 불현듯 떠올랐다.

망각의 숲에 있는 이 순간, 토멕은 세상 그 누구의 기억에도 없는 존재였다. 겨우 몇 시간 전에 얼굴을 익히고, 자신의 지난 삶에 대해 한참 얘기를 늘어놓고 있는 눈앞의 마리 말고는 세상에서 토멕을 아는 사람도, 토멕을 기억하는 사람도 아무도 없었다. 토멕은 마리의 얘기에 애써 더 귀를 기울였다. 그래야만 꼬리에 꼬리를 물고 밀려드는 잡념을 떨칠 수 있었기 때문이었다.

"피트와 난 계속 달려서 어제 우리가 만났던 그곳에 도착했어. 피트는 '카디숑 달려! 이랴 이랴!'하며 당나귀를 재촉했지. 그때 당나귀 이름도 카디숑이었거든. 할아버지, 아버지, 손자 이렇게 세 마리의 당나귀 이름은 모두 카디숑이라 붙였지. 우리는 그렇게 숲으로 들어갔어. 숲에 간 건 나도 그때가 처음이었어. 오늘의 너처럼 말이야. 토멕, 난 네가 숲을 가로지르겠다는 걸 굳이 막지 않았어. 그렇지 않았다면 아마 내일도 우리는 거기 그 자리에 있겠지. 결국 모든 건 자신의 결정에 달린 거란 걸 너도 곧 깨닫게 될 거야. 숲으로 들어간 피트와 나는 이게 꿈인가 생시인가 했어. 눈앞에 꽃의 바다가 끝도 없이 펼쳐져 있다고 상상해보렴. 온갖 종류의 꽃들이, 온갖 형태로, 온갖 크기로 피어나 있는 색색의 들판이 말이야. 온몸을 감싸며 밀려드는 꽃향기에 취해 피트는 이리저리 신나게 뛰어다녔지. 피트가 커다란 보라색 꽃을 꺾어 모자처럼 머리에 쓰고서는 '피트 대장입니다. 분부만 내리십시오!'라며 큰 소리로 장난치면, 나도 '이만 쉬어, 대장!'하고 받아쳤지. 그 말에 피트는 막대기처럼 꼿꼿이 서서 그대로 뒤로 쓰러지는 척을 했어. 물론 나를 웃기려던 거였지. 그런데 피트가 쓰러져서는 움직이지를 않는 거야. 놀란 나는 정신없이 달려가 그를 안았는데, 그는 이미 이 세상 사람이 아니었어. 그의 머리가 하필이면 들판에 있던 단 하나의 돌에 부딪히고 만 거야. 단 하나, 정말 단 하나의 돌밖에 없던 그 들판에서 말이야. 난 피트의 이름을 몇 번이고 소리쳐 불렀지만 그는 대답이 없었어. 어쩌면 이보다 더 행복한 죽음은 없을지도 모르겠다는 생각이 들면서 울음이 막 터져 나오려는데, 그때 마침 카디숑이 뿌웅하고 큰 소리로 방귀를 뀌는 거야. 그 순간, 어, 또 '순간'이네. 말했지? 내 인생의 결정은 한순간에 내려졌다고. 그 순간에 난 결심한 거야. 울지 않겠다고, 다시는 절대로 눈물을 보이지 않겠다고, 피트와 함께했던 시절처럼 인생의 매 순간을 기쁘게 누리며 살겠다고 말이야. 난 땅을 파고 피트를 고이 눕혔어. 무덤을 장식할 꽃은 부족할 일이 없었지. 난 그에게 말했어. 내년에 또 오겠다고, 후년에도, 그다음 해에도 오겠다고. 그렇게 해서 매년 이렇게 그의 무덤을 찾아 숲으로 들어오게 된 거야. 자, 내 얘기는 여기까지다. 토멕, 아니, 너 설마 울려는 건 아니지?"

울먹이는 걸 참느라 토멕의 턱이 달달 떨려왔다. 하지만 마리도 울지 않는데, 그 모든 걸 견뎌낸 마리도 울지 않는데, 듣기만 한 자신이 눈물을 보일 수는 없는 일이었다. 울지 않으리라, 토멕은 이를 앙다물었다. 그리고 물었다.

"그럼 그 길로 곧장 숲의 바깥쪽으로 빠져나온 거예요? 아까 얘기 듣다 보니 온갖 꽃들 펼쳐진 들판도 멋진 곳이겠던데요."

"물론 멋졌지. 꽃 들판에 좀 더 머물까 하는 생각도 들었어. 무엇보다도 나를 기다리는 그이의 무덤이 그곳에 있으니까 말이야. 그런 마음에 난 카디숑과 꽃 들판 사이를 좀 더 걸었지. 근데 그게, 1킬로미터 넘게는 안 되겠더라고."

"그건 왜죠?"

토멕이 물었다.

"간단해. 꽃향기가 사람을 미치게 만들기 때문이야. 콧구멍을 타고 들어온 향기는 머리까지 올라가 정신을 쏙 빼놓고 말지. 그때부터 환영이 보이기 시작하는 거야. 공중에 붕 뜬 것처럼 기분이 좋긴 한데 좀 묘한 느낌이지. 그렇게 계속하다간 죽고 말아. 다행히도 카디숑이 나보다 강했던지라, '빠져나가자, 카디숑!' 내가 이 말 한마디를 던지며 정신을 놓을 찰나, 카디숑이 나를 등에 태우고 피트의 무덤가로 데리고 나온 거였어. 그곳은 숲의 가장자리라 꽃향기가 그리 강하지는 않았거든. 그 길로 우리는 숲을 빠져나왔어."

마리의 얘기가 끝난 뒤에도 두 사람은 한참 동안 말이 없었다. 그 침묵 사이로 손자 카디숑만이 씩씩하게 달리고 있었다. 밖은 아까보다 점점 어두워졌고 부쩍 쌀쌀해져 있었다.

"토멕, 너는?"

마리가 물었다.

"너는 무슨 일로 여기까지 오게 된 거니? 이제 네 얘기를 들려주렴."

담요로 몸을 꽁꽁 둘러싸며 토멕이 그러겠다고 대답했다.

"하지만 제 얘기는 마리 얘기처럼 그렇게 흥미진진하지는 않을 거예요. 전 늘 여행을 꿈꿔왔어요. 고향에서 작은 잡화상을 운영하고 있는데, 그 생활이 좀 지루하다 생각됐거든요. 그래서 크자르강을 찾아 길을 떠나게 된 거예요. 혹시 그 강을 아세요?"

마리는 그럼 이름을 들어본 적이 없었다.

"거꾸로 흐르는 강이래요. 강을 끝까지 따라가면 성스러운 산이라 불리는 산의 정상에 도착하는데, 그곳에서 얻은 물을 마시면 영원히 죽지 않는다고 하죠."

"정말?"

마리가 놀란다.

"그 얘기, 누구한테 들은 거야?"

"이샴 할아버지가 얘기해 줬어요. 할아버지께 꼭 그 물을 가져다드리고 싶어요."

"토멕, 넌 정말 용감한 소년이구나."

다시 잠깐의 침묵. 곧 마리가 말을 이었다.

"토멕, 솔직하게 말해보렴. 네게 망각의 숲을 경험케 하느라 내가 숲에 잠시 들어갔다 나왔을 때, 그때 너도 숲으로 막 들어가려던 참 아니었니?"

"그랬던 것 같아요."

토멕이 조금은 우쭐해져 대답했다.

"정말로 이샴 할아버지를 위해 그 물을 찾고 싶은 게로구나. 그래서 그 먼 길을 떠나온 거야."

"네, 그래요."

"다른 이유는 없고?"

"없어요."

그밖에 무언가 다른 이유가 있었던 것도 같은데 너무 막연해 토멕은 그것이 무엇이었는지를 도통 떠올릴 수가 없었다.

생각해보려 무진장 애를 썼으나 헛수고였다.

두 사람은 더는 말이 없었다. 흔들리는 마차의 규칙적인 움직임에 가만히 몸을 맡길 뿐이었다.

제6장 곰

한 시간쯤 흘렀을까. 카디숑의 음악적 능력에 대한 마리의 얘기가 과장이 아니란 걸 토멕이 여실히 깨달아 가는 동안 주위는 온통 어둠으로 뒤덮여 갔고, 축축하고 으슬으슬한 한기까지 덤벼들었다.

"카디숑, 워워!"

마리가 소리치자 당나귀는 곧 멈춰 섰다.

마리는 떨고 있는 토멕에게 조끼를 하나 건넸다.

"어서 입어. 이제부터 점점 추워질 테니까. 난 우리 친구 발에 신발이나 만들어주러 가봐야겠다."

엉? 무슨 말이지? 토멕은 알 수 없어 그저 마리의 행동을 지켜보았다. 마리는 마차 속을 뒤져 한 아름의 천을 끄집어내더니 땅에다 던졌다. 그리고는 마차에서 내려 카디숑의 네 발을 천으로 둘둘 감싸기 시작했다. 어찌나 넉넉히 둘렀던지 카디숑의 다리에 큼지막한 공이 하나씩 달린 모양새가 됐다. 토멕은 마리가 대체 뭘 하는 건지 아직도 알 수가 없었다.

"자 이쪽은 다 됐고, 이제 바퀴에도 감아야겠다. 토멕 손 좀 빌려줄래?"

이번에는 토멕이 마차에서 뛰어내렸고, 두 사람은 좀 전에 마리가 카디숑의 발에 한 그대로 마차 바퀴에 천을 둘렀다. 긴 천을 바퀴에 둘둘 감싸 고정하고 나니, 마차는 빵빵한 타이어를 갖추게 된 셈이었다. 무엇 때문에 천을 감아주는지 마리에게 물으려는 순간 날카로운 비명이 들려왔다. 그 뒤로 숲이 흔들릴 만큼의 무시무시한 으르렁거림이 이어졌다. 두 번째 들린 소리는 무언가를 공격하는 짐승의 거친 소리라기보다는 오히려 고통스러운 울부짖음에 가까웠다. 카디숑은 미동 하나 없이 그대로 멈춰 서 있었고, 마리와 토멕은 귀를 쫑긋 세운 채 멀리서 들려오는 소리에 온 신경을 집중했다. 그 사이로 정적만이 흘렀다.

"무슨 소리였죠?"

자신도 모르게 마리의 팔을 꽉 붙들며 토멕이 물었다.

"글쎄, 나도 모르겠다. 곰이 아니었을까. 아무래도 다쳐서 고통스러워하는 소리 같던데. 그런데 처음에 들린 비명은 뭐였지? 혹시… 아니, 아니겠다."

그 뒤로는 더 이상 아무 소리도 들려오지 않았다. 두 사람은 다시 마차에 올라타고 길을 재촉했다. 놀랍게도 마차가 한참 달리는데도 삐걱거리는 소리조차 나지 않았다. 탁탁하는 카디숑의 발굽 소리만 약하게 울릴 뿐, 길을 구르는 바퀴 소리는 전혀 들리지 않았다.

"토멕, 이제 설명해줄게."

마리가 말소리를 낮추어 말했다.

"네 얼른요. 아무리 생각해도 모르겠어서 거의 포기 상태였거든요."

"전에 말했었지. 이 숲엔 곰이 들끓는다고. 곰이 모여 사는 곳이 바로 이 부근부터란다. 그러니 여태까지는 곰이 눈에 띄지 않았던 거지. 이곳 곰은 자기들끼리만 모여 살다 보니 퇴화할 대로 퇴화해 버렸어. 왜, 사람도 너무 혼자만 있다 보면 멍청하게 변하잖니. 그거랑 똑같아. 게다가 칠흑 같은 어둠 속에서 묻혀 살다 보니, 시력은 거의 장님 수준이고 후각 또한 신통치 않게 되어버렸지. 아마 통닭 냄새와 산딸기 냄새도 구분 못할 정도일 거야. 반대로 더욱 날 서게 변한 감각이 바로 청각이야. 어찌나 귀가 예민한지, 저 먼 곳의 미세한 소리까지도 감지해낸단다. 사실 숲에는 무슨 맛인지도 모를 밍밍한 버섯과 썩어빠진 이끼를 빼고 나면 곰이 먹을 게 별로 없거든.

그러니 곰들에게는 무슨 소리가 났다 하면 그건 바로 먹잇감인 게지. 알겠니? 그놈들, 그 큰 몸집에도 불구하고 대단히 신중한 놈들이야. 아무도 눈치 못 채게 슬그머니 움직여 눈 깜짝할 새에 눈앞에 나타나지. 곰에게 우리 같은 건 그저 고깃덩어리일 뿐이야. 토멕, 앞으로 두세 시간은 그 사실을 잊으면 안 돼. 움직이지도 말고 숨도 크게 쉬지 마. 무엇보다 재채기는 절대 안 돼. 용맹한 모험가들이 그 별거 아닌 재채기에, 목소리 틔우려는 마른기침에 얼마나 곰에게 죽어 나갔는지 모른단다.

"그렇다면… 카디숑은 어떡하죠? 혹시라도 카디숑이……."

사색이 된 토멕이 웅얼거렸다.

"토멕, 카디숑은 네가 생각하는 것보다 훨씬 영리하단다. 이미 이 숲에서 한쪽 눈을 잃은 경험이 있어서 자기 목숨이 자신의 침묵에 달려 있다는 걸 너무도 잘 알고 있어. 아 참, 한 가지 더. 이 숲의 곰은, 뭐라 말해야 하나… 아무튼 무지무지 덩치가 크단다."

"덩치가 크다고요?"

토멕이 물었다.

"엄청나게 커. 자, 토멕! 이제부터 내가 다시 신호를 줄 때까지 아무 소리도 내면 안 돼."

그들은 그렇게 밤을 가로질러 달렸다. 어둠 속에서 토멕이 어렴풋하게나마 볼 수 있는 것은 눈앞에서 춤추듯 흔들리는 카디숑의 엉덩이뿐이었다. 마리의 말대로라면 안심해도 되겠지만, 토멕은 카디숑이 내심 걱정이었다. 토멕은 짧은 기도를 올렸다. '하느님, 다시 햇살을 볼 수 있게 해주소서. 다시 이샤 할아버지를 볼 수 있게 해주소서.' 이렇게 시작한 토멕의 기도는 '제발 제발, 카디숑, 방귀는 절대 안 돼!'로 끝나고 있었다.

계속되는 어둠과 고요 속에서 시간을 가늠하기란 쉬운 일이 아니었다. 한 시간 정도 흘렀으려나? 아니면 두 시간? 토멕은 마차가 앞으로 가지 않고 있다는 느낌이 불현듯 들었다. 그러고 보니 카디숑이 멈춰 서있었다. 이건 또 무슨 일이지? 토멕 역시 눈썹 하나 까딱하지 않았다. 마리는 어떻게 하고 있나 볼까. 왜 그녀도 움직이지 않는 거지? 자는 건가? 그리고 카디숑 넌 왜 다시 출발하지 않는 거니? 곧 토멕은 이 모든 질문에 대한 답을 얻을 수 있었다. 나무의 정수리부터 가지를 타고 곧게 떨어져 내리는 가느다란 빛줄기가 카디숑의 발 앞에 정확하게 내리꽂히고 있었다. 그리고 길 한가운데에는 곰 한 마리가 지키고 앉아 있었다. 토멕은 그 자리에서 뼛속까지 얼어붙고 말았다. 터져 나오려는 비명을 온 힘을 다해 참았다. 이렇게 엄청난 덩치의 곰은 처음이었다. 곰은 이따금 고개를 이리저리 돌리거나, 몸을 살짝 수그리는 것 외에는 앉은 자리에서 꼼짝도 하지 않고 있었다. 털이 무성히 돋아 있는 곰의 자그마한 귀는 바람에 흔들리는 나뭇잎 소리 하나, 돌멩이 구르는 소리 하나에도 미세하게 반응하며 움직거렸다. 곰은 잘 보지도 못하고 냄새도 맡지 못하지만, 대신 모든 소리를 다 듣는다던 마리의 말이 퍼뜩 떠올랐다. 정말 대단한 청각이었다. 온 신경이 귀로만 집중된 듯했다. 바짝 신경이 곤두선 곰을 바라보고 있자니, 토멕은 미친 듯 쿵쾅거리는 자신의 심장 소리가 곰에게까지 들리는 건 아닐까 싶어 덜컥 겁이 났다. 예전에도 곰을 본 적이 있었다. 동네 시장에서였는데, 조련사의 구령에 맞춰 플루트를 불며 덩실덩실 춤을 추는 곰이었다. 그런데 지금 눈앞의 이 곰은 달랐다. 덩치도 엄청난 데다가 힘도 무진장 셀 것 같았다.

영겁의 세월이 흐르는 것처럼 시간이 끝도 없이 길게 느껴졌다. 카디숑은 석상이 되어버린 듯했고, 마리 역시 숨조차 쉬지 않는 듯 미동도 없었다. 그 모습을 보며 토멕은 조금만 더 참자고, 이렇게 며칠이 계속된다 해도 참아내자고 마음을 다잡았다. 곰이 저러다가 사라져줘야 할 텐데, 그래야 우리도 가던 길을 다시 갈 수 있을 텐데. 내가 먼저 무너지지는 않을 거야! 토멕은 그 자세 그대로 한참을 더 견뎠다. 그런데 무언가가 토멕의 목 언저리에서 거치적거렸다. 끈 같았다. 토멕은 신중히 아주 천천히 목 근처로 손을 가져갔다. 끈이었다. 다시 끈을 따라 조금씩 손을 옮겼다. 끈에 무엇이 달려 있는지 보기 위해서였다. 매듭으로 잠그는 조그만 천 주머니 지갑이었다. 시간이 꽤 오래 걸렸지만, 토멕은 힘들게 그 주머니를 열었다. 안에는 동전이 하나 들어 있었다. 동전을 손가락으로 만지작거려 본다. 동전이라……. 토멕의 가슴께에 오래 머물러 있던 동전에서는 온기가 전해져 왔다. 내가 왜 여기에 동전을 넣어둔 거지? 토멕은 기억이 나질 않았다.

얼마나 오래인지 가늠할 수도 없는 시간이 그렇게 더 흘렀다. 어느 순간 토멕의 몸에 가벼운 경련이 일었다. 곯아떨어질 뻔했던 것이다. 하지만 그래서는 안 될 일이었다. 잠이 들면 코를 골고 뒤척일 게 뻔한데, 잠든 사람만큼 세상 소란스러운 게 어디 있겠냐 말이다. 토멕의 그런 움직임이 곰을 놀라게라도 한 걸까? 곰이 움직이기 시작했다. 들었던 앞발을 땅으로 내리고 기기 시작했다. 다행히 곰은 마차와 반대 방향을 향하고 있었다. 그렇게 반대 방향으로 곰은 멀어져갔다. 바로 그 순간, 마리가 토멕의 귀에 대고 속삭였다.

"곰들이 갔어."

곰들? 이건 또 무슨 소리지? 토멕은 당황스러웠다. 아니,

곰들이라니? 그럼 한 마리가 아니었단 말인가? 토멕이 뒤를 돌아보려 하자 마리가 대번에 막았다. 아직은 손가락 하나라도 움직거리면 위험한 거리였다. 몇 분을 더 잠자코 기다린 후에야 토멕은 뒤를 돌아볼 수 있었고, 뒤돌아본 토멕은 겁에 질려 그 자리에서 기절하는 줄 알았다. 뒤뚱거리며 어둠 속으로 사라지는 곰들이 12미터 앞에 있었다. 산만한 덩치, 날카로운 발톱과 이빨, 한 번 할퀴면 마차와 마차에 탄 사람 따위는 단박에 갈기갈기 찢어버릴 것 같았다. 모든 위험이 저 멀리 물러갔을 때 마리가 나지막이 속삭였다.

"가자, 카디숑!"

어린 당나귀는 마치 벨벳 위를 기어가는 벌레처럼 소리 하나 없이 걸음을 옮겼다. 얼마 지나지 않아 마리와 토멕은 전처럼 목소리를 낮춰 이야기를 주고받을 수 있었다.

"마차 앞쪽에 있던 곰은 새끼 곰이었어. 태어난 지 몇 달도 채 안 되어 보이는 어린 곰이었지. 다른 놈은 엄마 곰이었지 싶어."

마리가 말했다.

"전 엄마 곰은 못 봤네요."

토멕이 대답했다.

"만약 봤다면 정말 악하고 냅다 소리를 질렀을지도 몰라요. 천만다행이죠."

토멕은 담요를 턱까지 끌어올리고는 크게 심호흡을 했다. 마리와 카디숑이 없었더라면 대체 그 상황에서 어찌 빠져나왔을까. 곰의 배 속에서 생의 마지막 순간을 맞았을지 모른다는 생각에 온몸에 소름이 좍 끼쳤다. 막대사탕을 샀던 그 소녀도 이런 두려운 상황을 겪었겠지, 그 무시무시한 곰에 혼자 맞서다니……. 순간 몸서리가 쳐졌다. 아까 들었던 그 비명! 혹시 소녀의 목소리가 아니었을까? 맞아, 소녀가 틀림없어! 터져 나오는 눈물 끝에 토멕은 소리쳤다.

"마리, 마리. 소녀가 잡아 먹혔어요. 소녀가 잡아 먹혔다고요."

"소리치지 마! 소리치면 안 돼!"

마리가 토멕을 막았다.

"누가 먹혔다고?"

"그때 그 소녀요! 확실해요. 아까 그 비명, 소녀의 비명이라고요! 마리, 이러고 가만있을 수는 없어요. 뭔가 해야 해요."

"토멕, 대체 누구 얘길 하는 거니? 누구 말이니? 무슨 소녀?"

토멕은 그제야 소녀에 대한 얘기를 마리에게 꺼낸 적이 없음을 깨달았다. 신기하게도 이제껏 소녀에 대한 기억이 나지는 않았지만, 그런데도 그녀에 대한 생각이 자신도 모르게 마음속 어딘가를 사로잡고 있었던 것을 느낄 수 있었다. 아무도 몰라준다고 해도 신만은 그 사실을 알고 계셨다. 토멕은 목에 건 주머니 속 동전이 어디서 났을까 하고 생각을 더듬던 얼마 전 순간을 떠올렸다. 그 얘기를 들려주자 마리는 잠시 생각하더니 이렇게 말했다.

"그 소녀에 대해 기억이 나지 않았다는 건 아무래도 한 가지 이유밖에 없겠지. 그건……."

마리의 말을 토멕이 가로챘다.

"…그건 그녀 역시 망각의 숲에 있다는 뜻……. 그러니 맞네요. 아까 그 비명을 지른 건 그 소녀였던 거에요. 곰이 그녀를……."

토멕은 차마 말을 끝맺지 못했다. 오일 램프의 은은한 불빛 아래 막대사탕이 있냐고 묻던, 소녀의 눈부신 모습이 어른거렸다.

이제 더 여행을 해봐야 무슨 소용이람? 더 살아봐야 무슨 소용이람? '이 죽일 놈의 곰, 덩치만 큰 멍청아! 난 네 놈이 하나도 무섭지 않다고!' 토멕은 버럭 이렇게 소리라도 지르고 싶었다. 곰을 다시 불러올 수만 있다면 냄비를 꽝꽝 두드리고 목청껏 노래라도 부르고 싶었다. 그러면 곰이 토멕을 잡아먹을 테고 그렇게 모든 것이 그 자리에서 끝나버릴 수 있을 텐데. 토멕이 그리 저지르지 않은 건 오직 마리와 카디숑 때문이었다. 자기 때문에 그들까지 죽음으로 내몰 수는 없는 일이었다. 토멕은 담요를 끌어 올려 얼굴을 묻고 울었다. 마차는 또 한참을 그렇게 달렸다. 토멕은 진정이 되질 않았다. 마리는 토멕의 어깨를 토닥이며 달랬다.

"토멕, 괜찮아, 괜찮아질 거야……."

그러다가 갑자기, 마리가 토멕의 어깨를 세게 움켜쥐었다.

"토멕, 생각해 보니 우리 둘 다 놓친 부분이 있어."

"뭐를요?"

훌쩍이며 토멕이 물었다.

"네가 네 여자친구를 기억할 수 없었다면 그건 그녀가 망각의 숲에 들어와 있었기 때문이야, 어때 여기까지 동의하지?"

"네, 그런데요?"

"그런데 지금은 네가 여자친구 생각을 하고 있잖아. 그 말은 그녀에 대한 기억이 다시 네게 돌아왔다는 의미잖아."

토멕은 마리가 무슨 말을 하는지 알 것 같았다. 단박에 담요에서 빠져나온 토멕이 소리쳤다.

"맞아요! 다시 그녀 생각이 났다는 건 그녀가 망각의 숲에서 빠져나왔다는 거죠. 아, 그녀가 빠져나왔구나, 빠져나왔어!"

두 사람은 기쁨에 서로를 힘껏 껴안았다. 카디숑도 기분이 좋은지 속도를 냈고, 곧 세 친구는 곰의 지대를 벗어날 수 있었다. 그 말인즉슨, 이제는 숨죽이지 않고 마음껏 떠들 수 있고, 어둠에서 벗어났으니 더 많은 것을 보며 달릴 수 있고, 몸에도 다시 온기가 돌아왔다는 뜻이었다. 그렇게 몇 킬로미터를 가는 내내 두 사람은 다시 찾아온 빛나는 행복에 겨워 목청껏 노래를 불렀다. 두 사람에게 퍼뜩 떠오른 노래는 다름 아닌 이 노래였다.

당나귀, 우리 당나귀는
발이 너무 아파요……

지금으로서는 발굽이 전혀 아플 리 없는 카디숑이 한창때의 실력을 발휘해 전속력으로 달렸다. 덕분에 토멕과 마리는 햇살 가득 쏟아져 내리는 들판에 금세 도착할 수 있었다. 어둠만이 짙게 깔린 망각의 숲이 두 사람의 등 뒤 저 멀리 거대한 침묵을 지키며 서 있었다.

제7장 들판

피트의 무덤은 소박했다. 두텁지 않게 덮인 흙 위로 마리가 개암 나뭇가지를 꺾어 만든 십자가가 꽂혀 있었다. 무덤 주위로 새하얀 꽃이 저절로 자라나, 이제껏 마주쳤던 그 어떤 무덤보다도 매력적인 풍경을 그려내고 있었다. 그리고 피트가 평생 그랬던 것처럼, 그의 무덤 역시 즐거움이 가득해 보였다. 토멕과 마리는 잠시 묵념을 했다. 마리가 조용히 속삭였다.

"편히 쉬어요, 대장님."

눈물이 맺히긴 했지만 마리는 울지 않았다.

들판은 토멕이 상상한 것 이상으로 아름다웠다. 사방천지가 꽃으로만 가득 찬 들판. 자주색, 흰색, 빨간색, 노란색, 칠흑 같은 검은색 등 갖가지 빛깔의 꽃이 질세라 저마다의 색을 뽐내고 있었다. 수십만 개의 정원을 합쳐놓은 듯한 눈부신 꽃밭이 토멕의 눈앞에 끝도 없이 펼쳐져 있었다.

토멕은 꽃밭 안으로 몇 발짝 걸어 들어가 처음 마주친 꽃을 들여다보았다. 벨벳처럼 보드라운 꽃잎만 본다면 팬지를 닮았으나, 꽃잎 색을 그림으로 그린다면 초록을 써야 할 것만 같은 그런 꽃이었다. 토멕은 꽃 한 송이를 따서 코로 가져가 본다. 뭐랄까, 후추 향과 함께 초콜릿 향이 풍겼다. 나쁘지 않은 냄새였다. 토멕은 한 번 더 깊게 꽃향기를 들이마셔 보았다. 그 순간 토멕은 손에 두툼한 벙어리장갑이 끼워져 있음을 깨달았다. 어릴 적 끼었던 바로 그 장갑, 언제인지도 모르게 잃어버린 후로는 다시는 볼 수 없었던 그 장갑이었다. 장갑을 보자 웃음이 터진 토멕은 얼른 마리에게 보여주고 싶어졌다.

"마리, 마리, 이리 좀 와봐요. 제 손 좀 봐요! 옛날에 끼던 벙어리 장갑을 찾았어요. 꼬마 때 끼던 장갑이에요!"

단숨에 달려온 마리는 냉랭하게 토멕의 손목을 내리쳤다. 토멕 손에 들린 꽃을 당장 떨어뜨리기 위해서였다.

"토멕, 꽃을 놔! 놓으라고! 이제부터는 어떤 꽃이건 절대 건드리면 안 돼!"

마리는 카디숑이 얌전히 기다리고 있는 숲의 바깥쪽으로 토멕을 데리고 나왔다.

"토멕, 저 꽃은 알려지지 않은 변종들이야. 조심해야 한다고."

두 사람이 마른 나뭇가지를 주우러 잠시 다시 숲에 들어갔다가 나오는데, 카디숑이 가슴이 터질 듯 구슬픈 소리로 울고 있었다. 그 불쌍한 것은, 잠깐이긴 했지만, 하늘 아래 혼자뿐이구나 하는 생각에 몸서리가 쳐졌던 것이다. 두 친구가 걸어 나오는 것을 보고서야 마음이 놓였는지, 카디숑은 겅충겅충 뛰면서 환영의 방귀를 제대로 한 방 통쾌하게 날려주었다. 마리는 주워 온 나뭇가지로 불을 피워 그 불에 감자와 돼지비계를 넣어 푹 쪄낸 냄비 요리를 했다. 두 사람은 들판 위로 떨어지는 석양을 즐기며 기분 좋게 저녁 식사를 마쳤다. 밤이 되자 마차에 간단히 몸 뉠 곳을 만들고는 나란히 누웠다.

"잘 자라, 토멕. 너를 만나 참 다행이야. 네 덕에 피트 얘기를 할 수 있던 것도 고맙고."

"잘 자요, 마리."

토멕은 짧은 대답만 마친 뒤 평온한 잠 속으로 금세 빠져들었다.

다음날, 아침을 먹고 있을 때였다. 마리가 오늘은 피트의 곁에서 하루를 보내고 싶다며 저녁 무렵에나 돌아올 거라고 했다. 그럼 그동안 토멕은 무엇을 할까?

"난, 아무래도 들판을 건너봐야겠어요. 코를 이렇게 꽉 틀어막고 가면 되지 않을까요?"

"내 그럴 줄 알았다. 너 혼자 숲을 건너가려던 그때부터 알아봤지. 넌 무슨 일이든 하고야 말 아이라는 걸."

마리는 토멕을 말리지 않았다. 대신 빵, 치즈, 말린 과일과 비스킷을 담은 먹거리 한 보따리와 담요를 챙겨 토멕의 어깨에 지워주었다. 토멕은 가지고 온 물병에 깨끗한 물을 담은 뒤 휴지를 동그랗게 말아 양 콧구멍에 단단히 쑤셔 넣고는 냄새가 맡아지는지 시험해 보았다. 남은 커피 향도 들이마셔 보고, 초록 꽃의 향기도 맡아보았는데 아무 냄새도 느낄 수 없었다. 그러면서도 숨 쉬는 데는 불편함이 없는 것이, 딱 좋았다.

남은 것은 이별의 순간이었다.

"토멕, 혹시라도 네 맘이 바뀌거나 길에서 무슨 일이라도 생기면, 오늘 저녁 안으로 다시 돌아오너라. 내가 여기 있을 테니까. 알았지? 자, 이제 어서 가거라! 난 헤어지는 데에 익숙하지 못해서 말이지, 카디숑도 마찬가지고."

두 친구는 서로를 꼭 껴안았다. 조여오는 가슴을 안고 토멕은 들판을 질러 길을 나섰다.

"잘 있어요, 마리! 카디숑, 너도!"

멀어져 가던 토멕이 뒤돌아 소리쳤다.

"잘 가라, 토멕!"

사람 좋은 마리도 웃으면서 진심의 인사를 보냈다.

"토멕, 잊지 마. 지금부터 꼭 1년 뒤에 난 또 여기에 올 거야. 그때 우리 다시 만나기를!"

"네, 그러기를!"

토멕은 더 이상 뒤돌아보지 않고 걸었다.

콧구멍에 끼워 넣은 휴지는 효과 만점이었다. 종일 걷는 동안 그 어떤 꽃향기에도 영향을 받지 않고 기분 좋게 발걸음을 옮길 수 있었다. 막대사탕을 산 소녀와의 거리가 이제는 그리 멀지 않다는 기분이 들었다. 기껏해야 몇 시간 앞선 것뿐이니, 토멕과 마리가 그랬던 것처럼, 소녀가 잠도 자지 않고 하루를 내리 걸었다고 쳐도 아주 멀리 가지는 못했을 거란 생각이 들었다. 물론 들판은 너무나도 넓었다. 하지만 이 넓디넓은 들판에서 그녀가 고작 몇 킬로미터 앞에서 걸어가고 있는지도 모를 일이었다.

들판을 걷는 순간순간마다 토멕은 꽃의 다양함에 놀랄 뿐이었다. 그 수많은 꽃 중에 토멕이 알아볼 수 있는 것은 단 한 종류도 없었다. 좀 전에 토멕은 노란 꽃바다를 지나왔다. 거대한 튤립이었는데, 바람만 살짝 불어도 폴폴 날릴 듯한 황금빛 꽃가루가 꽃부리 안에 가득했다. 그다음은 온갖 빨간색이 어우러진 들판이었는데, 어찌나 작고 여린 꽃들이 촘촘히 모여 있던지, 꽃 하나하나가 눈에 들어오기보다는 진홍색 이끼로 만든 폭신한 카펫 위를 걷고 있는 느낌이었다. 가장 매력적인 것은 이불만큼이나 커다란 꽃잎을 지닌 푸른 꽃이었다. 그 푸른 꽃은 깊은 바다에서 해초가 물결에 일렁이듯 부드럽게 너울대고 있었다.

오후의 끝자락 무렵, 잠시 멈춰 다리를 쉬던 토멕은 어깨에 메고 있던 보따리와 담요에 깜짝 놀랐다. 보따리 속에는 빵에, 치즈에, 말린 과일에, 비스킷까지 먹을거리가 가득 들어 있었다. 아니, 내가 이걸 싸 왔던가. 토멕은 기억이 나질 않았다. 그렇다면 결론은 한 가지뿐이었다. 보따리를 싸준 그 사람이 지금 망각의 숲 안에 있다는 것. 그렇기에 토멕이 아무것도 기억해낼 수가 없는 것이다. 누구였지? 남자였을까, 여자였을까? 여러 사람이었나? 아니면 한 사람? 당최 작은 기억 하나라도 떠오르는 게 없었다. 보따리에서 치즈를 꺼내 입에 문 채 토멕은 생각했다. 어쨌든 날 아끼는 사람인 게 틀림없어. 그렇지 않다면 이 모든 걸 마음 써서 챙겨주었을 리가 없지…….

토멕은 다시 길을 나섰다. 한참을 걸었지만 지치지도 않고 마음도 가벼웠다.

우리 당나귀, 우리 당나귀는
발이 너무 아파요

토멕이 흥얼흥얼 콧노래를 시작하려는데 누군가가 그의 뒤를 쫓고 있다는 느낌이 스쳤다. 뒤를 돌아본 토멕은 종종걸음으로 따라오고 있는 어린 송아지를 두 눈으로 똑똑히 본 것 같았는데, 눈 깜짝할 사이에 시야에서 사라져버렸다. 이상한 일들이 계속 일어났다. 토멕의 머리카락이 거침없이 자라기 시작한 것이다. 쑥쑥 길어지더니 금세 엉덩이를 덮고 말았다. 곁에서 걷고 있던 외출복을 차려입은 덩치 큰 암탉이 토멕에게 가위를 건넸고, 토멕은 가위를 받아들고 머리카락을 자르기 시작했다. 그런데 웬일인지 자르면 자를수록 머리는 더 길게 자라났다.

잘라라 잘라
잘라라 잘라

난데없이 배불뚝이 난쟁이 합창단이 나타나더니 볼록 튀어나온 배에 두 손을 얹고 노래를 부르기 시작했다. 그 모습을 본 토멕은 터져 나오는 웃음을 참을 수가 없었다. 다시 등장한 어린 송아지와 배불뚝이 합창단, 그리고 외출복 차림의

암탉까지 모두 가세해 함께 행진하며 더 큰 소리로 노래를 불렀다.

잘라라 잘라
넥타이를 잘라
잘라라 잘라
행주도 잘라
그게 뭔 소용이야, 없어도 잘 사는 걸
잘라라 잘라
행주를 잘라!

어찌나 웃음이 쏟아지던지 토멕은 몸을 가누기조차 힘이 들었다. 하지만 그들의 열성적인 합창 모습에 취해 토멕도 노래를 따라 불렀다. 점점 크게 따라 불렀다.

잘라라 잘라
넥타이를 잘라
잘라라 잘라
칠면조를 잘라
달팽이는 다리가 없지
양도 돼지도 다리가 없지!

너무들 웃어 곧 걸음을 멈춰야 했다. 뭐보다 오른편에서 등장한 작은 낙타 떼에게 길을 비켜주어야 했다. 낙타 떼 뒤로 여섯 명의 쌍둥이 소년들이 지나갔는데, 천으로 만든 가방에 일곱 번째 쌍둥이를 담아 나르고 있었다. 모두 서쪽을 향해 가는 중이었다.

"안녕 친구들!"

한껏 신이 난 토멕이 소리쳐 인사했다. 하지만 그들은 아무 대답도 없었고, 가방 속 일곱 번째 쌍둥이만이 기분 나쁜 눈빛으로 토멕을 돌아볼 뿐이었다. 그의 눈빛은 이렇게 말하고 있었다. "뭘 봐? 내 얼굴에 뭐 묻었어?"

순간 토멕은 정신이 확 들면서 갑자기 밀려드는 엄청난 피로를 이기지 못해 털썩 주저앉고 말았다. 주저앉은 것으로도 모자라 들판에 몸을 뉘어야만 했다. 토멕이 베고 누운 보랏빛 꽃에서는 어릴 적 베고 자던 깃털 베개 냄새가 나는 것 같았다. 냄새? 냄새라니? 코에 휴지를 단단히 끼워놓았으니 냄새가 나지 않아야 맞지, 냄새라니? 토멕은 얼른 코로 손을 가져가 보았다. 헉, 막아놓은 휴지가 없었다! 모르는 새에 어디선가 빠져버렸나 보다. 얼른 다시 만들어 깨워야지 하는 생각에 미쳤을 땐 이미 늦었다. 토멕은 어느새 깊은 잠으로 빠져들고 있었다. 흰 가운을 걸치고 동그란 안경을 낀 들쥐 세 마리가 나타나 토멕의 머리에서 몇 센티미터 떨어지지 않은 벤치에 자리 잡고 앉았다. 첫 번째 들쥐가 토멕의 눈을 주의 깊게 들여다보더니 말했다.

"베개가 필요하겠군. 자자, 얼른 이 사람에게 베개를 갖다줘!"

"물론 물론, 푹 자려면 당연히 베개가 필요하지."

두 번째 들쥐가 말했다.

"아… 니, 아… 니, 괜찮… 아요. 베… 개… 같은… 거 필요… 없… 는데."

이미 정신이 혼미해진 토멕이 웅얼거렸다.

"나… 나…, 안… 자요. 안… 잘 거… 라고… 요. 그거… 위허… 엄해. 자면… 안… 된다… 고요."

"뭔 말이야, 자야지!"

세 번째 들쥐가 말했다.

"노곤할 때 잠깐의 단잠처럼 맛있는 게 어디 있다고? 자, 얼른 이 사람에게 베개를 가져다줘!"

토멕은 누군가가 자기의 머리를 들고 베개를 밀어 넣는 것을 느꼈다. 예전의 그 깃털 베개였다. 토멕의 눈꺼풀이 더 이상 견디지 못하고 닫히고 말았지만, 이상하게도 토멕은 세 마리의 들쥐가 그대로 보였다. 쥐들은 토멕을 바라보며 미소 짓고 있었다.

"거봐, 얼마나 편해."

첫 번째 들쥐가 말했다.

"아… 니, 아… 니, 안 편… 해… 요."

토멕이 마지막 남은 힘을 다해 얘기했다.

"그쪽… 은 들… 쥐잖아… 요. 들쥐… 가 무… 슨 말… 을 해요. 가… 고 싶어… 요. 집… 에, 집… 에 돌아가… 고 싶어요."

"그래야지."

두 번째 쥐가 말했다.

"그래야 하고말고."

세 번째 쥐가 덧붙였다.

토멕은 더 이상 버틸 힘 없이 모든 것이 빠져나가는 느낌을 받았다. 저 깊고 깊은 곳 어디인가로 끝도 없이 빨려 들어가는 느낌이었다. 몇 마디 더 하고 싶었지만, 입 밖으로는 아무 말도 빠져나오지 않았다. 오히려 그 말들은 토멕의 머릿속에서 이리저리 부딪히며 종소리처럼 덩덩 울려댔다. 그러다가 그 종소리마저 차츰 잦아들어 결국 아무 소리도 들리지 않게 되었다.

제8장 잠을 깨우는 주문

"아그… 어… 아거… 악어… 의 배 미… 밑에……."

어린아이의 목소리가 들려 왔다.

그 순간 토멕은 잠에서 깨어 눈을 떴다. 라벤더 향이 은은히 풍기는 말끔히 정리된 방에 자신이 누워있음을 깨달았다. 몸을 뉜 침대 역시 깔끔했다. 눈앞에 보이는 아이는 손가락으로 밑줄을 그어 가며 책을 읽고 있었다. 일곱 살도 채 안 되어 보이는 꼬마였다.

"열… 쇠가… 여얼… 쇠가 숨… 겨… 져… 있… 던 곳은 바아… 로……."

아이는 토멕이 깨어나 자신을 물끄러미 바라보고 있음을 눈치 못 챈 채 계속 책을 읽어 내려갔다.

"아… 아… 악어가… 기프… 잠… 에 빠져… 었… 습니다. 이 때… 다. 어린 워… 원숭… 이… 플리… 뷔스가……."

온 정성을 쏟아 책을 읽고는 있지만, 거의 모든 단어마다 더듬거리는 아이의 모습에 토멕은 미소 짓지 않을 수가 없었다. 살짝 열린 창문을 타고 간지럽도록 부드러운 바람이 들어와 레이스 커튼을 살랑 흔들었다. 해 저무는 어스름 무렵이었다. 창밖으로는 하늘을 향해 잎사귀 하나 없이 가지만 죽죽 뻗은 나무들이 눈에 들어왔다. 그렇구나, 벌써 잎이 떨어지는 때구나, 어느새 그렇게 되었나. 방 안에 가구라고는 자그마한 장롱, 세면대, 작은 탁자와 의자가 전부였다. 그 의자에 꼬마가 두꺼운 책을 들고 앉아 있는 거였다.

"그… 래서 원숭… 숭이… 는 누치, 누우운… 치, 아이 씨! 누운치… 채지……."

"눈치채지 못하게?"

보기 안타까웠던 토멕이 슬그머니 꼬마를 도왔다.

순간, 방 안에 폭탄이 터지기라도 한 듯, 꼬마는 놀라 입만 크게 벌린 채 어쩔 줄 몰라 했고, 그러는 사이 꼬마의 손에서 미끄러진 책은 바닥에 쿵 하고 떨어졌다. 꼬마는 미친 듯이 달려 방에서 달아나 버렸다.

"잠깐만, 잠깐만 꼬마야!"

토멕이 소리쳤으나 꼬마는 이미 사라지고 없었다.

토멕은 몸을 일으켜서 베개를 등 뒤로 받치고 침대에 기대

앉았다. 아주 잠깐의 움직임이었는데도 머리가 핑 돌았다. 너무 오래 잔 걸까? 그런데 대체 여기는 어디지? 토멕은 혼잣말로 중얼거렸다. 조금씩 기억이 돌아오고 있었다. 그래, 마을을 떠났었지… 곰을 만났고… 맞다, 맞아… 눈 어두운 곰과 마주쳤지… 아, 꽃 때문에… 그래 그 꽃 때문에… 당나귀도 있었는데… 이름이 뭐였더라… 이름이…….

당나귀 이름이 혀끝에서 맴도는 순간 아래층에서 왁자지껄한 말소리가 들려왔다. 곧이어 열 명 남짓한 사람들이 서로 떠밀다시피 계단으로 몰려들어 '올라가게 해줘요!' '밀지 말아요!' '그 사람을 보게 해줘요!' '나도, 나도요!'하고 소리치는 게 들려왔다.

그 소란을 어떤 힘 있는 목소리가 잠재웠다.

"조용, 조용! 이러다가는 그 사람이 도리어 무서워하겠습니다. 자, 자, 내 지시를 기다렸다가 들어가도록 하세요!"

마침내 잠잠해졌다. 계단을 밟고 오르는 삐걱거림이 들리는가 싶더니 곧 문 뒤로 누군가가 나타났다. 아직 또렷이 보이지는 않았지만, 키가 아주 작고 흰 턱수염이 난 노인이란 건 알아볼 수 있었다. 노인은 얼굴 가득 환영의 미소를 띠고 토멕의 침대 곁으로 다가와 두 팔을 활짝 벌리며 말했다.

"우리 마을에 오신 것을 환영합니다."

"…누구시죠?"

토멕이 조심스레 물었다.

"여긴 어디죠?"

"향수 마을에 와 있는 겁니다."

노인이 대답했다.

"제 이름은 에스테르곰입니다. 이 마을의 대표지요. 향수에 넣을 새로운 향기를 찾아 꽃 들판으로 나섰다가 그곳에 잠들어 있던 당신을 발견해 이리로 데려온 것이랍니다. 그러니 두려워 마세요. 이제는 안전하답니다. 자 보세요, 여기 이 장롱 안에 당신의 짐도 그대로 잘 챙겨 넣어두었답니다."

토멕은 얼른 장롱으로 가서 문을 열어 그의 말을 확인해 봤다. 사실이었다.

"묻고 싶은 말이 많을 거라 생각됩니다. 제가 곧 다 답해 드리지요. 하지만 그 전에 한 가지만 부탁할까 합니다. 마을 사람들이 어찌나 당신을, 당신이 깨어난 것을 보고 싶어 하는지요. 우리 마을의 전통이니, 허락해준다면 정말 모두 너무너무 기뻐할 겁니다. 불편치 않다면 들어오라 해도 될까요?"

"아… 불편하긴요. 전혀요. 제게도 기분 좋은 일이 될 것 같아요."

아직 뭐가 뭔지 잘 파악이 안 되는 토멕이 혼잣말처럼 웅얼거렸다.

"아, 정말 고맙습니다."

노인은 인사를 하고는 얼른 문 쪽으로 가 계단에 모여 기다리고 있던 이들에게 손짓했다.

금세 방 안에 사람들이 꽉 들어찼다. 땅딸한 몸집에 크고 둥근 얼굴, 거기에 터질 듯한 볼. 정말이지 에스테르곰의 느낌과 판박이인 여인들과 아이들이었는데, 보기만 해도 마음이 편해지는 환한 미소까지 그대로 닮아 있었다. 그들은 요람에 누운 갓난아기를 쳐다보듯, 그런 감동의 눈빛으로 토멕을 바라보며 수줍게 다가왔다. 뭘 어찌해야 할지, 어떤 태도를 보여야 할지 몰라, 토멕은 그저 고마움의 표시로 고개를 끄덕이기만 했다. 사람들은 곧 방을 빠져나갔고 그만큼의 사람들이 다시 들어왔다. 그 뒤를 이어 또 다른 무리가 왔고 그 뒤로 또 다른 무리가, 그렇게 계속되었다. 마침내 마지막 방문자의 차례가 되었다. 이번에는 어린아이 혼자였는데 조금 전 토멕에게 책을 읽어주던 바로 그 아이였다. 문에 서서 기다리고 있던 에스테르곰은 아이를 토멕의 침대 곁으로 데리고 와서는 다음과 같이 소개했다.

"앗치곰입니다. 이 아이 덕분에 잠에서 깨어난 겁니다."

어린 앗치곰은 자랑스러움에 한껏 들떠 있으면서도 또 한

편으로는 조금 혼란스러워 보이기도 했다. 앗치곰의 뺨은 차오르는 행복과 기쁨으로 발그레하게 달아올라 있었고, 그의 눈은 총총 빛나고 있었다.

“앗치곰 고맙구나.”

대체 뭘 고마워해야 하는 건지 잘은 모르겠지만 토멕은 우선 고맙다는 인사부터 건넸다.

“자, 저는 이제 내려가 식당에서 기다리고 있겠습니다.”

에스테르곰이 말했다.

“우리 요리사들이 아주 맛난 음식을 대접할 겁니다. 크레이프 좋아하죠? 정신이 개운해질 때까지 좀 더 편히 쉬다가 옷을 갈아입고 천천히 내려오도록 해요. 서두를 필요는 없습니다. 앗치곰이 문밖에서 기다리고 있다가 안내할 테니 걱정하지 말고요.”

에스테르곰과 앗치곰 두 사람이 방을 빠져나가자, 혼자 남겨진 토멕은 더는 무슨 생각을 해야 할지 몰랐다. 에스테르곰에게 물어볼 것이 많았다. 토멕은 자리에서 일어나 조심스레 창가로 발걸음을 옮겼다. 마을은 나지막한 언덕 위에 자리 잡고 있었다. 저 건너편으로 들판이 시작되고 있었는데 웬일인지 그 들판에는 꽃이라고는 보이지 않았다. 토멕은 장롱으로 가서 문을 열었다. 자신의 모든 옷가지가 잘 빨려 곱게 다

림질까지 되어 있었으며, 신발에서는 반짝반짝 광이 나고 있었다. 담요 역시 잘 개켜져 있었고 그 옆으로 곰잡이용 칼과 물병, 수 놓인 손수건 두 개가 가지런히 놓여 있었다. 토멕이 방문을 열고 나가자 앗치곰이 자랑스럽게 토멕의 에스코트를 맡았고 둘은 함께 마을 길을 걸었다.

"잠에서 깨어나게 한 게 나예요! 내가 했어요! 내일 마차에서 옆에 앉을 사람이 바로 나라고요!"

"마차? 내일 우리가 마차를 타게 되는 거니?"

좀 더 묻고 싶었지만 이내 식당에 도착해 버렸고, 꼬마는 신이 나서 깡총거리며 저 멀리 사라졌다. 에스테르곰의 권유로 토멕이 자리 잡고 앉자, 곧 손잡이 달린 술병에 찰랑거리게 담긴 사과주와 함께 엄청난 양의 대형 크레이프가 나왔다. 치즈를 넣은 것, 꿀을 넣은 것, 사과를 넣은 것, 잼을 넣은 것, 베이컨을 넣은 것 등 다채로운 크레이프 모둠이었다.

"자, 마음껏 들어요. 먹는 동안 궁금한 건 모두 설명하기로 하지요. 지금으로선 모든 것이 신기하고 이상하게만 보일 테니까요."

"네 사실 그렇습니다."

토멕은 귀를 기울였다.

"꽃향기를 맡았던 겁니다. 꽃잎이 어찌나 큰지 '돛'이라는 이름으로 불리는 푸른 꽃의 향기를 맡았던 거지요."

에스테르곰이 설명을 시작했다.

"물속을 떠다니는 듯 그렇게 너울너울 춤을 추는 꽃이지요."

"아, 맞아요. 그 꽃을 본 게 기억나요."

"그 꽃의 향기를 맡으면 깊은 잠 속에 빠지고 만답니다. 끝도 없는 잠으로요. 잠을 깨우는 주문을 듣는 그 순간까지 그저 잠만 자는 겁니다. 어때요, 사과주 좀 들겠어요?"

"잠을 깨우는 주문이라고요? 그 주문이 뭐죠?"

먹는 것 마시는 것도 다 잊고 토멕이 바로 되물었다.

"문제가 바로 그거예요. 그걸 아는 사람이 없다는 거. 사람마다 효과가 있는 주문이 다 다르거든요. 다르게 설명해 볼게요. 깨어나면서 들은 단어가 뭐였지요?"

"악어요."

토멕이 들었던 단어를 떠올렸다.

"아뇨, 아닙니다."

에스테르곰이 말했다.

"그건 너무 쉬워요. 만약 그거였다면 훨씬 일찍 그 답을 찾아냈겠지요. 분명히 거기에 이어지는 말이 있을 텐데요."

"악어의 배 밑에. 맞아요, 이 말이었던 것 같아요. 제가 깨어났을 때 앗치곰이 '악어의 배 밑에'를 소리 내 읽고 있었어요."

"그럼 그렇죠."

노인은 환호성을 지를 듯 기뻐하며 말했다.

"악어의 배 밑에… 바로 그 말이에요. 당신을 깨운 주문은. 하지만 이 주문은 다른 사람에게는 아무런 소용이 없답니다."

"아니 그럼 그걸 어떻게 찾는다는 말씀이세요? 불가능하잖아요?"

토멕은 소리쳤다.

"앗치곰은 대체 그 말을 어떻게 찾아낸 거죠?"

"우연이죠. 우연이에요! 자, 자, 베이컨을 넣은 크레이프 좀 들어봐요. 그렇게 안 먹으면 우리 요리사들이 섭섭해합니다."

토멕은 크레이프를 들고 한 입 베이 물었다. 몰랑몰랑하게 씹히는 것이 냄새도 맛도 그만이었다.

"잠자는 당신의 머리맡에서 교대로 돌아가며 책을 읽는 거예요. 잠을 깨우는 주문의 말이 우연히 읽히는 그 순간까지 쉬지 않고 읽고 또 읽는 겁니다. 우리 마을에는 큰 규모의 도서관이 있답니다. 그곳의 책을 꺼내어 한 권 한 권 소리 내 읽는 겁니다. 마을 사람들이 모두가요. 남자건 여자건 아이들이건 가리지 않고 그 일에 동참하는 겁니다. 한순간도 놓치면 안 되니까요. 물론 오래 걸리는 작업임이 틀림없어요. 하지만 우리는 늘 답을 찾아내 왔답니다."

오래? 오래라니? 순간 토멕은 아찔해졌다.

"그럼 제가 얼마 동안이나 잠들어 있던 건가요?"

"그러니까 석 달 하고도 열흘이지요."

"석 달……."

믿기지 않아 토멕은 그저 그 말을 따라 할 뿐이었다.

"그렇다면 그 석 달 동안 전 아무것도 먹지 않고 잠만 잔 건가요?"

"그렇지요."

에스테르곰의 얼굴에 웃음이 감돌았다.

"하지만 잠을 자는 동안에는 에너지를 쓰지 않으니 사실 음식을 섭취할 필요는 없지요. 어때요, 지금은 배가 고픈가요?"

"네, 그런 것도 같네요."

토멕은 답을 하며 단풍나무 시럽이 든 크레이프를 집어 들었다.

"사실, 꽤 오래 잠들어 있던 편이지요. 늘 이렇게 길지는 않답니다. 얼마 전 그 소녀는……."

"소녀요?"

놀란 토멕이 소리쳤다.

"네, 프레스티곰과 풀곰이 당신을 발견하기 하루 전날이었어요. 당신이 쓰러진 그 들판에 꼭 같이 쓰러져 잠든 소녀를 마을로 데리고 왔지요. 매년 날씨 좋은 계절이면 늘 그렇게 조심성 없는 여행객들이 생기곤 하거든요. 그러면 우리는 늘 그 여행객들을…….”

“그 소녀, 그 소녀는 지금 어디 있죠?”

쿵쾅거리는 심장을 누르며 토멕이 물었다.

“아직 깨어나지 못했나요?”

“천만에요. 훨씬 운이 좋았죠. 책을 읽기 시작한 지 사흘째 되는 날에 소녀의 잠을 깨우는 주문을 찾아냈답니다. 지금 생각해보면 참 쉬운 말이었죠. ‘옛날옛적에’ 어때요, 정말 쉬운 말이지 않습니까? 옛날옛적에! 정말 매력적인 소녀였어요. 게다가 마음 씀씀이도 참 고왔죠. 마을 소년 중에 아마도 절반 이상은 그 소녀에게 반했을걸요. 그녀가 떠나던 날 여러 명이 눈물을 흘렸으니까요.”

“그래요?”

자신도 모르게 얼굴이 붉어진 토멕은 더듬거리며 물었다.

“저, 저기, 그럼… 소녀는 깨어나자마자 바로 떠난 건가요?”

“아뇨. 일주일 넘게 남아 있었어요. 여기가 마음에 든다더라고요.”

“그랬다면… 여기서 뭘 했나요?”

“소녀가 뭘 했냐고요? 그야 간단하죠. 다른 이들을 위해 책 읽는 일을 했어요. 거의 모든 시간을 책 읽는 데 썼지요."

"아, 정말요?"

소녀가 책을 읽어주었다는 말이 토멕에게는 너무도 감동이었다.

토멕은 소녀가 자신의 머리맡에 앉아 책을 읽어주는 모습을 상상해봤다. 아, 소녀가 내가 깨어나는 주문을 찾았어야 했는데. 안타깝기 그지없었다. 정신을 차려 처음 보게 되는 사람이 앗치곰이 아니라 소녀였어야 했는데, 그래서 둘이서 같이 길을 떠났어야 했는데. 그러기는커녕 토멕은 끝도 없는 잠 속에서 헤어 나올 줄을 몰랐고, 그런 그의 모습에 소녀는 지치고 또 실망했을 것이다. 아, 소녀는 지금 어디쯤 가고 있으려나?

"혹시, 그 소녀를 아는 건가요?"

에스테르곰은 궁금해졌다.

"네… 아니, 사실 우리 가게에 소녀가 들른 적이 있어요. 제가 고향에서 작은 잡화상을 운영하고 있거든요."

식사를 마친 뒤 에스테르곰은 토멕을 마을 도서관으로 안내했다.

"바로 이겁니다."

에스테르곰이 그의 왼편을 가리켰다. 따로 잘 챙겨 놓은 수백 권의 책이 보였다.

"당신을 깨우려고 우리가 읽은 책이지요. 그중 열 권 넘게 한나 양이 읽었을 겁니다."

"한나요?"

꿈을 꾸듯 토멕이 되물었다.

"네, 한나 양이요. 그 소녀 이름이 한나라고 하던데 몰랐나요?"

"몰랐어요."

"자, 이쪽은 만일 당신이 깨어나지 않았다면 우리가 계속 읽어나갔을 책들입니다."

에스테르곰이 자신의 오른쪽으로 보이는 큰 서가를 가리켰다.

토멕은 서가를 얼른 훑어보았다. 대충 보아도 만 권은 넘을 듯한 책이었다.

"세상에, 저 많은 책을 다 읽어야 하는 때도 정말 있긴 한가요?"

"딱 한 번 있었지요. 아주 오래전이에요. 제가 어렸을 때이니까요. 우리는 6년하고도 두 달 그리고 나흘 동안 쉬지 않고 읽었어요. 몰티메르라는 이름의 용감한 사내를 깨우기 위해서였죠. 그의 잠을 깨우는 주문은 '슬리퍼 슬리퍼'였어요. 문제는 반복이었죠. 그 단어가 두 번 연거푸 쓰인 책을 찾는다는 게 쉬운 일은 아니니까요."

"그래서요? 그럼 어떻게 찾아내게 된 건가요?"

"체르곰이라는 소년이 있었어요. 마음씨는 착한데 좀 고지식한. 안타깝게도 글을 읽을 줄 몰라, 우리는 궁여지책으로 체르곰을 몰티메르가 잠들어 있는 방으로 데려가서는 머릿속에 떠오르는 말을 마음껏 쏟아내 보게 했지요. 그런데 글쎄 이게 무슨 일입니까, 10분도 안 되어 몰티메르가 깨어난 거예요!"

두 사람은 가슴 따스해지는 웃음을 나눴다. 에스테르곰이 웃을 때 지는 눈가의 푸근한 주름에 토멕은 이샤 할아버지가 떠올라 가슴이 시큰거렸다.

에스테르곰이 하품을 했다. 그러고 보니 꽤 늦은 시간이었다. 잠이 고픈 에스테르곰에 비해 전혀 졸리지 않는 토멕은 도서관에 남아 밤을 새워도 되겠는지 물었고, 에스테르곰은 기꺼이 허락하면서 내일 아침에 만날 약속을 했다.

"내일 아침에는 우리 마을 향수 공장을 안내해 드리지요. 오후 나절에는 우리네 전통을 따라 깨어남을 축하하는 축제가 열릴 겁니다. 자, 그럼 좋은 밤이 되기를."

"네, 안녕히 주무세요, 에스테르곰 씨."

돌아서 나가던 노인은 토멕을 한 번 더 돌아보며 말했다.

"참, 참. 깜박할 뻔했네요. 소녀가 편지를 한 통 남겼어요.

당신에게 전해달라더군요. 자, 여기 있습니다. 두툼한 걸 보니 여러 장인 것 같은데, 잠 안 오는 긴 밤에 도움이 되겠네요."

제9장 한나

도서관 한가운데에 있는 난로에는 아직 온기가 남아 있었다. 토멕은 장작 몇 개를 난로 속으로 던져 넣고는 오일 램프가 환하게 비추는 조그만 책상에 편히 자리를 잡고 앉았다. 건네받은 편지는 묵직했다. 토멕은 조심스럽게 봉투를 뜯고는 두 번 곱게 접혀 있는 열 장 됨직한 편지를 펼쳐 들었다. 편지지에서 제비꽃 향기가 은은히 흘렀다. 그렇겠네, 이 편지지를 소녀에게 건넨 건 마을 사람들이었을 테니. 토멕은 편지를 읽어 내려갔다.

잡화상 주인께

당신을 이렇게 부르는 걸 용서해요. 하지만 이름을 모르는걸요. 그저, T로 시작되는 이름이라는 것만 당신이 가진 손수건 덕에 알 수 있었답니다. 저는 한나라고 합니다. 예전에 막대사탕을 사

러 들렀을 때는 미처 소개 못 했었죠. 오늘 아침 『천일야화』 중 악어가 나오는 대목을 당신에게 읽어주었습니다. 왠지 악어라는 말에 그쪽이 몸을 움찔거리는 느낌이 들더군요. 순간, 이거다, 드디어 잠을 깨우는 주문을 찾았다 싶어 반가운 마음에 온갖 시도를 다 해봤어요. 악어 머리, 악어 이빨, 악어 위… 그런데 소용이 없더라고요. 당신은 여전히 잠 속에 빠져 있었어요. 장롱에서 당신의 물병을 봤어요. 혹시 저처럼 크자르강의 물을 구하러 가는 길인가요? 둘이 같이 찾아 나설 수 있으면 얼마나 좋을까요. 수많은 위험이 도사리고 있는 걸 알면서도 이 길을 혼자 나서야 한다는 게 참 내키질 않지만, 그래도 다시 떠나야겠지요. 당신이 깨어나기만을 막연히 기다리며 머물기는 어려울 것 같아요. 에스테르곰 말로는 6년이 넘도록 잠을 잔 사람도 있었다니 말이에요. 다시 떠나야만 해요. 제게는 크자르강의 물이 너무도 절실하거든요. 많이도 아니에요, 그저 몇 방울이 제게는 꼭 필요해요. 몇 방울이면 나의 새를 위해 충분할 텐데. 손바닥에 쏙 들어올 만큼 아주 작은 새에요. 그 새의 부리에 한 방울의 물만 흘려줄 수 있다면, 그것으로 충분할 텐데……. 제 말에 놀라지나 않았는지 모르겠네요. 그럴 만도 하죠. 아직은 저에 대해 모르니까요. 자, 그럼 이제껏 그 누구에게도 들려주지 않았던 제 얘기를 해볼게요.

제가 태어났을 무렵 우리 아빠는 이미 나이가 한참 드셨었죠.

그래서인지 제가 태어난 게 아빠에게는 세상 무엇과도 바꿀 수 없는 행복이었다고 해요. 제 뒤로도 네 명의 아들을 더 얻으셨지만 별로 신경도 안 썼죠. 전 그게 불안했어요. 아빠에게 저는 눈에 넣어도 안 아픈 자식이었어요. 세상에서 제일 귀한 공주이면서 그의 삶 자체였죠. 전 좋고 아름다운 걸 다 누리며 살았어요. 아빠는 늘 제게 가장 비싼 옷감과 가장 귀한 보석을 주었어요. 엄마는 그런 아빠를 타박하기도 했지만, 아빠는 귀 기울여 듣지 않았지요. 우리 가족은 북쪽 어느 마을에 살았어요. 동네 이름을 얘기한들 아마 모를 거예요. 당신이 새에 관심이 있지 않다면 말이죠. 우리 마을은 일 년에 일주일, 봄이 되면 세상에서 가장 큰 규모의 새 시장이 열리는 곳이었어요. 세상에 존재하는 모든 종류의 새를 만날 수 있는 시장이기에 멀리서부터 사람들이 찾아왔죠. 아빠는 매년 저를 그곳에 데리고 갔어요. 혹시라도 놓칠까 저를 품에 꼭 안고서 말이죠. 아빠는 늘 제게 한결같이 물었죠.

"한나, 어떤 새가 마음에 드니? 어디 한번 골라 보렴."

저는 깃털 색이 좋다든가, 노랫소리가 좋다든가 아니면 그 둘 다를 이유로 들어 가장 마음에 드는 새를 골랐고, 그럼 아빠는 가격 따위는 상관하지 않고 그 새를 사주었고, 전 사 온 새를 다른 새와 함께 제 커다란 새장 안에 두었죠. 새들은 그때 저의 제일 큰 즐거움이었어요. 제가 여섯 살 되던 해, 아빠는 언제나처럼 새 시장에 저를 데리고 갔어요.

"한나, 어떤 새가 마음에 드니? 어디 한번 골라 보렴."

전 깃털 색이 멋진 작은 새를 가리켰어요. 그런데 새 장수가 너무도 엄청난 가격을 부르는 거예요. 그 액수에 아빠가 놀라자, 새 장수는 그 새가 실은 천 년 전에 살았던 공주인데 지금은 마법에 걸려 새로 변해버린 거라고 설명하더군요. 그 얘기를 들은 아빠는 한 푼도 더 깎지 못했어요. 그 정도 황당한 얘기라면 세상 누구라도 새 장수 이 사람 사기꾼이구먼, 하고 알아챘을 텐데, 아빠는 그저 새를 잘 맡아두라고, 조만간 다시 오겠다는 말만 남겼어요. 그리고는 일주일이 채 지나기도 전에 아빠는 전 재산을 다 팔았어요. 집도 팔고 땅도 팔고, 기르던 가축에 심지어는 가구와 침대보까지, 모든 걸 팔아버렸죠. 그랬는데도 돈이 부족했어요. 새 장수가 부른 금액에서 아직도 반이나 모자랐어요. 아빠는 고리대금업자를 찾아가 돈을 꾸고는 곧장 새 장수를 찾아가 그 새를 샀어요. 그다음 날로 엄마는 남동생 넷을 다 데리고 집을 나가버렸죠. 다시는 돌아오지 않았어요. 집에 남아 있던 것은 모조리 다 가지고 떠났더군요. 심지어 제 새들까지도 말이죠. 하지만 마지막에 산 그 새만은 남겨두었더라고요. 그 뒤로 아빠와 저는 오두막을 거처 삼아 살았어요. 아빠는 곧 일거리를 찾게 되었는데, 말 대신 손으로 마차를 끄는 일이었어요. 그런데 마을 길 경사가 어찌나 심했던지 나이 드신 아빠는 견디지 못하고 금방 몸이 쇠하고 말았지요. 아빠가 그렇게 힘들게 벌어온 돈은 우리 두 사람이 먹고살기에도 빠듯했는데, 그런 와중에도 아빠는 해마다 나를 데리고 새 시장을 찾았어요. 그리고 변함없이 물었죠.

"한나, 어떤 새가 마음에 드니? 어디 한번 골라 보렴."

우리는 그때 참새 한 마리도 살 수 없을 정도로 가난했기에, 저는 더 이상 다른 새는 필요 없다고, 저의 작은 새만으로 더없이 행복하다고 대답했죠. 그렇게 3년이 흘러 아빠는 결국 기력이 쇠해 돌아가셨어요. 아빠는 살면서 단 한순간도 자신이 했던 행동을 후회하지 않았을 거라고 생각해요. 아빠는 미쳐있었던 거예요. 그래요, 미쳤다는 말이 맞을 거예요. 자상하고 고요한 광기라고나 할까요. 제가 태어난 그날, 아빠는 미칠 정도로 행복에 겨웠고, 숨을 거둘 때까지의 매 순간순간, 그 느낌을 고스란히 안고 사셨던 것뿐이에요. 세상의 다른 일은 아빠에게는 중요하지 않았던 거죠. 아빠가 돌아가신 뒤, 먼 친척이 절 거두어주었어요. 제게 너무도 잘해주시는 그분들을 부모로 모시며 전 이제까지 살아왔답니다. 돌아보니 지난 삶에서 제 곁에 남은 것이라고는 이 작은 새뿐이네요. 이 새를 바라보고 있노라면 자상하게 건네던 아빠의 목소리가 들리는 듯해요. "한나, 어떤 새가 마음에 드니? 어디 한번 골라 보렴"하고 말이죠.

그러던 어느 날, 잠에서 깼는데 새가 횃대 아래로 떨어져 열이 나서 끙끙거리고 있는 거예요. 몸을 따뜻하게 해주기도 쓰다듬어 주기도 또 나를 두고 너 혼자 이렇게 갈 수는 없다고 꾸짖기도 해봤죠. 단 한 번도 새 장수의 그 황당한 얘기를 믿어본 적은 없었지만, 해가 바뀌고 세월이 흘러도 어디 하나 변화 없는 새의 모습에 나도 모르게 아, 이렇게 천 년을 살겠구나, 하며 믿어 왔었나 봐요. 그런데 갑자기 깃털 색이 누렇게 뜨기 시작하고, 노래도 잘 안 부르려 들고……. 늙어가는 새의 모습과 마주치게 된 거죠.

저는 이 새의 죽음을 원치 않았어요. 죽는 걸 보고만 있을 수는 없었어요. 그러던 어느 날, 우리 마을에 이야기꾼이 지나간다기에 저는 부리나케 이야기를 들으러 갔죠. 이야기꾼이 거꾸로 흐르는 크자르강 얘길 하더군요. 그 물을 마시면 죽지 않는다는 얘기도요. 그 강을 찾아내기란 아마도 불가능하겠지만 실제로 저 남쪽 어딘가에 존재한다고 했어요. 그 얘기를 들은 동네 사람들은 그럴 리가 없다고들 했죠. 그리 말을 해야 그 강을 찾아 나서지 않아도 되는 핑곗거리가 되기 때문이겠죠. 근데 실은 용기가 없었던 것뿐이에요. 아무튼 이야기꾼의 이야기는 제게 강물을 찾아 떠나야겠다 결심할 만큼의 자극이 되었어요.

초여름의 어느 늦은 밤, 저는 집을 떠났어요. 여섯 살배기 여동생(절 거두어준 분들의 딸이었는데 제가 너무 좋아해서 그냥 동생이라 불렀어요)

을 깨운 뒤, 잠시 떠나니 내 새를 잘 돌봐달라고, 사람들에게 인사 전해달라고, 곧 돌아올 거라고 얘기했어요. 그리고는 옷가지 몇 벌과 저금해 둔 돈을 들고서 제 방 창문을 넘어 밖으로 나와 도망치듯 떠난 거죠.

그 뒤 당신의 잡화상에 도착하기까지, 실로 믿기 어려운 여러 일을 겪었답니다. 그 얘기는 나중에 또 할 기회가 있을 겁니다. 당신도 곰이 나오는 그 무시무시한 숲을 지나왔겠죠? 그쪽 역시 저처럼 들판을 지나다가 '돛'이라 불리는 꽃의 향기를 맡았을 테고요. 편지를 쓰고 있는 지금까지 평화로운 잠 속에 계속 빠져 있는 걸 보면 말이죠. 아, 크자르강에 이르기까지 우리는 과연 어떤 일들을 더 겪게 될까요? 어떤 위험이 우리를 노리고 있을까요? 이 모든 것이 단 한 방울의 물을 새에게 먹이기 위함임을……. 과연 누가 이해할 수 있을까요? 어때요, 당신은 이해가 되나요?

당신이 이 편지를 읽을 즈음, 제가 어디에 있을지는 아마 신만이 아시겠지요. 에스테르곰에게 편지를 맡깁니다. 당신이 잠든 머리맡 테이블에 놓으려니 다른 이가 채갈 것만 같아서요. 당신을 잘 알지도 못하면서 제 속 얘기를 너무 많이 털어놓았네요. 그래도 후회는 없어요. 당신을 믿으니까요. 덕분에 내일 아침에는 가벼워진 마음으로 다시 길을 떠날 수 있을 것 같네요. 우리가 다시 만나게 된다면 그때는 그쪽 얘기를 들려주어요. 자, 그럼.

한나가

추신, 당신 목에 걸린 주머니에는 무엇이 들어 있나요?

편지를 읽는 내내 웃음이 번지기도 눈물이 번지기도 하던 토멕은, 목에 건 주머니에서 동전을 꺼내 주먹에 꼭 움켜쥐었다.

"네가 준 동전이야. 곧 돌려줄 거야. 꼭."

제10장 페피곰

날이 새자마자 에스테르곰이 토멕을 찾아왔다.

"생각해보니 아무래도 잠이 올 리가 없겠더라고요. 그래서 일찍 왔습니다."

두 사람은 푸짐하게 아침 식사를 든 뒤 향수 공장으로 향했다. 이렇게 규모가 크리라고는 상상조차 못 했는데, 마을 사람 모두라고 해도 좋을, 적게 잡아도 삼백 명은 됨 직한 인원이 여러 채의 건물에서 작업을 하고 있었다. 첫 번째 건물은 지난여름에 채집한 꽃을 말려 저장해두는 곳이었는데, 신선함이 그대로 간직된 색색의 꽃 더미 사이를 걷는 경험은 정말이지 매력적이었다. 다음 건물에서는 그 꽃을 켜켜이 쌓고 찧는 작업이 한창이었다. 모두 온 정성을 다 하고 있었는데, 때때로 노래도 불러가며 작업에 흥을 더하고 있었다. 세 번째 건물은 증류 공정이 이뤄지는 곳으로, 작업자 모두가 실험실의 흰 가운을 입고 있었다.

“자, 이번에는 아무나 들어갈 수 없는 곳으로 안내하지요.”

에스테르곰이 자랑스럽게 다음 장소를 알렸다.

“비밀 연구실이랍니다. 그곳에서 세계 어디에도 없는 특별하고도 유일한 향수를 만들어내고 있지요. 자, 가볼까요.”

연구실로 들어서자 동글동글한 얼굴에 환한 미소를 지은 소녀가 두 사람을 맞이했다. 소녀의 코와 뺨 주위 여기저기로 발그레한 주근깨가 박혀 있었다. 에스테르곰이 소녀를 소개했다.

“토멕 씨, 이쪽은 페피곰 양입니다. 아직 어리지만 향수 분야에서는 최고 권위자 중 한 사람이지요. 우리 향수 마을 사람 중에서도 후각이 가장 뛰어나거든요. 후각이란 게 나이가 들면 퇴화하기 마련이라 마흔 살 넘어서도 좋은 후각을 유지하는 이는 드물지요. 그런데 페피곰 양은 유난히 어린 데다가 영리하답니다. 페피곰 양, 지금 나이가 몇이지요?”

“열넷입니다. 열네 살 하고 석 달 되었어요.”

똑 부러지는 목소리로 소녀가 대답했다.

열세 살 토멕에게는 그리 어리게 느껴지는 나이는 아니었으나 에스테르곰이 본다면야…….

“페피곰 양, 우리 친구 토멕 씨에게 최근의 연구 결과 중 몇 가지를 보여줄 수 있을까요?"

에스테르곰이 말을 이었다.

"기꺼이 그러지요, 에스테르곰 씨. 영광입니다."

"자, 그럼 이제 토멕 씨를 페피곰 양에게 넘기도록 하겠습니다. 전 이만 오후에 있을 축제 연설을 준비하러 가봐야겠어요."

페피곰은 토멕을 옆방으로 데리고 갔다. 수백 개의 유리 약병이 선반 위로 줄 맞춰 놓여 있었다. 페피곰은 그중 하나를 꺼내 마개를 열었다.

"자, 토멕 씨, 한 번 맡아봐요. 그리고 무슨 느낌이 드는지 제게 들려주세요."

토멕은 신선한 레몬 향을 읽어냈다.

"정확하게 맞혔네요. 자 그럼 이걸 맡아보겠어요?"

토멕은 두 번에 걸쳐 향을 들이마신 뒤, 그것이 깊은 숲속의 이끼 내음임을 알아냈다.

"정말 잘하는데요. 아주 좋은 코를 가졌군요. 어디, 그럼 이것도 맞히려나 한번 볼까요? 저희가 끝없는 실험과 가정, 조합의 노력을 통해 얻어 낸 극도로 섬세하고 특별한 향수랍니다."

열네 살이나 되었지만 페피곰의 키는 토멕의 어깨 언저리밖에 오질 않았다. 그녀에게선 싱그러운 버베나 향이 풍겼다.

마을의 다른 소녀들과 마찬가지로 페피곰은 동글동글한 인상이었고 친절했다. 토멕은 그녀가 내민 약병을 들고 깊이 숨을 들이쉬었다. 그런데 이상하게도 이번에는 뭐가 뭔지 잘 알 수가 없었다. 감이 잡히질 않았다. 아무 냄새도 안 나는 게 아닌가 싶어 향기에 좀 더 집중하려 했지만 오히려 정신이 풀리면서 여러 가지 생각들이 꼬리를 물고 떠올랐다. 연못가 풍경이 펼쳐졌다. 부모님이 살아계시던 시절이었다. 부모님과 함께 연못가에서 식사를 하고 있는데 갑자기 빗방울이 쏟아지기 시작했다. 아니 왜 갑자기 그 시절 기억이 떠오른 거지?

"자, 어떤가요?"

페피곰이 미소를 띠며 물었다.

"사실 잘 모르겠어요."

토멕이 떠오르는 생각들을 멈추려 애쓰며 대답했다.

"아무 냄새도… 안 나는 것 같은데."

"정말요? 향기보다는 무언가 다른 것이 떠오르지 않던가요?"

"앗, 바로 그거에요!"

토멕은 놀라서 소리쳤다.

"미안해요. 받은 느낌을 다 얘기 안 했네요."

"어떤 생각이 떠올랐는지 정확히 들려줄래요? 혹시 연못이 나오지는 않았나요? 비도?"

토멕은 말문이 막혀 아무 말도 나오질 않았다. 아니, 어떻게 내 머릿속에 들어갔다 나온 것처럼 잘 알 수가 있지?

페피곰은 당황스러워하는 토멕의 모습에 웃음을 터뜨렸다.

"이 향수 이름이 '연못 위로 떨어지는 첫 번째 빗방울'이에요."

"아, 그래서 그런 거로군요. 그것참 놀랍네요, 정말 놀라워요."

"이번에는 이 향기를 맡고 내게 들려주어요."

페피곰이 또 다른 병을 토멕에게 건넸다.

몇 초도 되지 않아 토멕은 답을 알아냈지만, 어째 좀 말하기가 거북스러워 주저되었다.

"어, 그러니까, 언덕 위에… 악사가 있고… 많은 사람이 노래를……."

"와, 대단해요!"

페피곰이 감탄을 연발했다.

"하지만 아직 놓친 게 있네요. 다시 한번 찬찬히 향기를 음미해 보세요."

토멕은 여러 번 깊게 들이마셔 보았다. 음악은 점점 빠른 리듬으로 신나게 흘렀고, 주위에 모인 사람들은 음악에 맞춰 춤을 추며 환호성을 질렀다. 결혼식, 결혼식이었다! 친구들에게 둘러싸여 벤치에 앉아 있는 신랑과 신부가 보였다. 흩날리는 꽃잎 속에서 팔짱을 끼고 입을 맞추고 있는 신랑 신부는 바로 토멕과 페피곰이었다!

"혹시 결혼식……?"

토멕이 얼굴을 붉히며 작은 목소리로 머뭇거렸다.

"역시! 또 맞혔네요. 이러다가는 곧 내 자리를 빼앗기겠는데요? 이 향수의 이름은 '언덕 위의 결혼'이랍니다. 어때요, 몇 개 더해볼래요?"

"그러고 싶어요."

토멕은 이 놀이의 매력에 점점 빠져들고 있었다.

그 뒤로 토멕은 '건초 더미 속에서 태어나는 어린 양', '새벽의 푸르스름을 안고 떠나는 여행의 첫 발자국', '사랑하는 이로부터 온 편지를 읽는 순간', '창밖으로 눈이 날리는 날에 부엌 식탁 위에 성냥개비로 쌓아가는 피라미드' 같은 이름의 향수 향기를 연달아 맡았으며, 그 뒤로도 여럿이 있었다.

"그런데 알고 싶은 것이 있어요. 늘 이렇게 기분 좋은 향기만 만드는 건가요?"

토멕이 물었다.

"물론이죠. 인생이 얼마나 길다고 좋지 않은 것들에 시간을 낭비하겠어요? 인생은 짧다고요."

페피곰이 대답했다.

"맞는 말이네요."

그녀의 생각에 전적으로 동의하는 토멕은 고개를 크게 끄덕였다.

정오 무렵, 토멕은 에스테르곰과 함께 점심을 먹었다. 이번에는 도넛이 나왔는데, 이전의 크레이프만큼이나 맛이 좋았다. 이렇게 맛있는 음식만 골라 먹으니 이 마을 사람들이 통통할 수밖에 없는 거구나 싶었다. 후식으로 정향을 넣은 타르트가 나와, 삼키듯 단박에 먹고서 식당을 빠져나오는데, 그 순간 토멕은 숨이 멎는 줄 알았다. 꿈인가 싶었다. 토멕이 식당 계단을 올라와 마지막 단을 밟고 올라서는 바로 그 순간, 몇백 명이나 되는 마을 사람들의 함성이 하나 되어 울려 퍼진 것이다.

"만세!"

함성에 이어 신나는 음악이 시작되었다. 트럼펫 연주자들은 빵빵한 볼이 터질 듯이 트럼펫을 불었고, 탬버린 연주자들은 흥에 겨워 미친 듯이 탬버린을 연주했다. 깃털과 술로 화려하게 장식된 흰 조랑말 네 마리가 멋진 마차를 끌고 계단 아래 편에서 대기하고 있었다. 마차 꼭대기에는 엄청나게 큰 악어 장식이 달려 '악어의 배 밑에'라는 문구가 적혀 있었고, 축제 의상을 차려입은 앗치곰은 이미 마차에 타 있었다. 어깨에는 금빛 천을 두르고, 머리에는 비단 모자를 쓴 당당한 모습이었다. 토멕이 앗치곰 옆에 자리 잡고 앉자마자 마차는 출발했다. 쏟아지는 환호와 박수를 받으며 마차는 마을 길을 통과했다.

내가 이런 환대를 받아도 되는 걸까, 토멕은 고민이 되었다. 하지만 모두 나를 환영해 축제를 열고 이렇게도 행복해하니, 마지 못해라도 받아들여야지, 뿌리치는 게 더 나쁜 일일지도 모르겠다는 생각이 들었다. 옆에 앉은 앗치곰은 이 순간을 한껏 즐기고 있어 보였다. 바구니에서 몇 번이고 사탕을 꺼내 구경꾼에게 던지며 환한 웃음을 띄워 보내고 있었다.

마차는 곧 시청 쪽으로 들어섰고, 시청 현관에는 에스테르곰이 마중을 나와 있었다. 마침내 마차가 멈춰 서자 에스테르곰은 팔을 높이 들어 들뜬 청중을 주목하게 한 뒤 다음과 같이 연설을 시작했다.

친애하는 여러분

우리는 또 한 번 '깨어남의 축제'를 위해 여기 이 자리에 모였습니다. 처음도 아니건만 늘 한결같은 감동이 북받쳐 오르는군요. 여기 곁에 서 있는 토멕 씨가 잠에서 깨어나 다시 삶을 찾았습니다. 우리 곁에서 다시 태어남을 맞았습니다. 그러니 이제까지 여기서 새로 태어났던 모든 이들과 마찬가지로, 토멕 씨는 우리의 친구입니다. 우리의 자식입니다. 자, 여러분, 길게 끌지 않겠습니다. 저

역시 긴 연설은 좋아하지 않으니까요. 토멕 씨가 오래오래 살기를! 그를 깨운 앗치곰도 오래 살기를! 여러분 모두 오래오래 살기를!

에스테르곰은 주머니에서 큰 손수건을 꺼내더니 큰 소리로 코를 풀었다. 보고 있던 많은 이들도 똑같이 큰 소리로 코를 풀었다. 대부분 여인은 눈물을 흘렸고 남자들은 코를 훌쩍였다. 아이들만 신이 나서 "오래 사세요! 오래 사세요!" 끊임없이 외쳤다. 철모르는 아이들에게는 이 모든 것이 한낱 놀이에 지나지 않았으니 말이다. 축제 의식의 대미는 메달 수여였다. 에스테르곰은 토멕에게 이렇게 새겨진 메달을 걸어주었다.

토멕 씨에게

향수 마을 사람들로부터

뭐라도 한 마디, 토멕의 답인사가 필요한 순간이었건만, 감동에 겨운 토멕은 겨우 이렇게 웅얼거렸다.

"정말… 정말… 감사합니다. 진심으로… 감사… 감사드립니다."

이에 터져 나온 박수 소리가 토멕의 긴장을 누그러뜨려 주었다.

오후 나절은 더욱 흥겹게 흘러갔다. 마을 골목골목마다

'재치냐 힘이냐' 놀이가 벌어졌다. 이쪽에서는 나무 그루터기를 들어 올리고 저쪽에서는 헝겊 공과 꼭두각시 인형을 떨어뜨렸다. 다른 쪽에서는 포대에 몸을 넣고 달리는 경주가, 또 다른 쪽에서는 나무 숟가락에 달걀을 올리고 달리는 경주가 펼쳐졌다. 곳곳 모두 환한 웃음과 즐거움이 넘쳐 나는 시간이었다.

식당에서는 저녁 연회 뒤로 무도회가 열렸다. 사과주 역시 넉넉하게 준비되어 있었다. 토멕은 마을의 모든 소녀와 번갈아 가며 춤을 춰야 했는데, 한 사람 차례가 끝나면 다른 한 사람이 토멕의 품으로 뛰어들고, 그 사람이 마치면 또 다른 사람이… 그렇게 토멕이 지칠 때까지 춤은 계속되었다. 물론 그 소녀들 사이에 페피곰도 있었다. 자정 무렵이 되어서야 토멕은 겨우 방으로 돌아올 수 있었다. 머리가 핑 돌아 옷을 입은 채 침대 위로 풀썩 쓰러졌다. 세상에 이렇게 희한한 여행이 또 있을까. 쏟아져 내리는 잠으로 빠져들기 직전, 토멕은 잠시 생각해 보았다. 고향에 돌아가면 이 신기한 모험 이야기를 제대로 들려줄 수나 있으려나?

제11장 눈

다음날, 늦은 아침이 되어서야 토멕은 눈을 떴다. 창밖으로 눈이 내리고 있었다. 얼른 창문으로 다가갔다. 밤새 내린 눈으로 뒤덮여 마을은 온통 눈부신 흰빛이었다. 운도 억세게도 좋지, 이 눈을 어찌 헤치고 떠나나.

사실 어젯밤 토멕은 마음먹었었다. 오늘 아침 가능한 한 일찍 이곳을 떠나자고. 이곳에서 시간을 너무 오래 지체한 데다가, 그가 세상모르고 잠들어 있던 동안 한나는 한참을 앞서 갔을 것이기 때문이었다. 아, 그녀는 지금 어디쯤 있을까.

의자 등받이에 걸쳐져 있는 망토가 토멕 눈에 들어왔다. 마을 사람들이 토멕을 위해 챙겨 놓은 게 분명했다. 망토를 걸치고 문 쪽으로 가니 문지방 앞에는 털 장화까지 준비되어 있었다. 토멕의 발에 꼭 맞는 사이즈였다. 토멕은 발이 푹푹 빠지는 눈 속을 걸어 혹시라도 누군가 있지 않으려나 하는 기대로 식당으로 향했다. 하지만 그 시각에 사람이 있을 리 만무했다. 모두 일하러 나간 시간이었다. 토멕은 하는 수 없이 도서관으로 발길을 옮겼다. 다행히도 거기서는 책 읽기에 몰두 중인 에스테르곰을 만날 수 있었다.

"안녕히 주무셨어요, 에스테르곰 씨. 아침에 떠날까 했는데 이렇게 눈이 많이 내려버리네요."

토멕이 먼저 말을 건넸다.

에스테르곰은 환한 웃음을 보이며 토멕에게 다가와 앉으라는 손짓을 했다.

"친구여, 어쩔 수 없이 이곳에 좀 더 머물러야 하겠습니다. 이곳 겨울은 아주 길고도 혹독하거든요. 이렇게 내린 눈은 한참 동안 녹지 않을 테고, 앞으로 더 내릴 일만 남았답니다. 길도 모두 차단될 겁니다. 이제부터는 누구도 마을을 벗어날 수도, 마을로 들어올 수도 없게 됩니다. 따스한 봄날이 다시 돌아올 때까지는 말이죠. 하지만 너무 끔찍하게 받아들이지는 말아요. 기다리는 동안 나름 즐겁고 유쾌하게 보낼 방법을 우리는 알고 있으니까요. 시간은 빨리 흘러갈 겁니다. 그리 길지 않을 거예요. 두고 보아요."

"대체 이곳 겨울이 얼마나 길길래요? 언제쯤이면 떠날 수 있게 될까요?"

토멕이 떨리는 목소리로 물었다.

"넉 달쯤 지나면 봄이 옵니다. 이곳 봄은 정말 매력적이에요. 곧 눈으로 확인하게 될 겁니다."

땅이 꺼질 듯한 한숨이 나오려는 것을 가까스로 참았다. 넉 달 동안 여기서 목이 빠져라 눈이 녹기만을 기다려야 한다고? 마냥 그렇게 기다릴 수 있을 것 같지 않았다. 답답하고 지루해 그 전에 죽어버리고 말 것이다. 토멕은 절망을 감출 길이 없어 에스테르곰에게 사실을 털어놓기로 했다. 그렇지 않았다가는 이 마을이 마음에 안 들어서 그러는 줄로 오해할 것 같아서였다. 그렇게 느끼게 만드는 건 옳지 않은 일 같았다. 토멕은 에스테르곰에게 무엇 하나 숨김없이 다 털어놓았고, 그 모든 얘기에 귀 기울인 에스테르곰은 토멕의 어깨에 손을 올리며 위로했다.

"친구여, 왜 그리 안절부절못했는지 이제야 알겠네요. 용기를 잃지 말아요. 어쨌든 봄이 되어 다시 출발하는 날이 오면 당신도 이곳과의 이별이 꽤 아쉽게 느껴질 겁니다."

"물론 그렇겠지요."

억지로 웃음을 띠며 대답했으나 토멕의 눈에는 눈물이 그렁했다.

"그 크자르강 말인데요."

에스테르곰이 말을 이었다.

“이 얘기에 좀 안심이 될는지 모르겠지만, 아무튼 있습니다. 그 강은 있어요. 단지, 그 강이 시작된다는 바다가…….”

“바다가 왜요?”

“그 바다가 이쪽 편이 아니라는 거죠.”

“뭐라고요? 그럼 그 강을 찾으려면 일단 큰 바다를 건너야 한다는 말씀인가요?”

“안타깝게도 그렇습니다. 자세한 얘기는 다음 기회에 해 드리지요.”

에스테르곰이 답했다.

기분을 밝게 유지하려고 애를 써도 소용이 없었다. 티를 내지 말자 하는데도 그 뒤 며칠간 토멕은 내내 울상이었다. 대부분의 시간을 도서관이나 방에 틀어박힌 채 생각에 빠져 침울해했다. 그러는 동안 눈은 에스테르곰의 말대로 점점 더 엄청나게 내리기 시작했고, 이제는 삽으로 파서 만들어 놓은 지하 통로가 아니면 다니기도 힘들 정도가 되었다. 마을은 거대한 백색 미로가 되어가고 있었고, 멋모르는 아이들만이 눈 위에서 엉덩이 썰매를 타며 길모퉁이에서 뛰어놀고 있었다. 이제는 기다리는 것 말고는 다른 수가 없음을, 토멕은 받아들였다. 힘 빠져 슬퍼해 봐야 소용없었다. 이 상황에서 혼자 슬픔에 빠져 있는 건 이곳 사람들에게도 무례한 태도였다. 너무 나 자신만 생각하지 말고 다른 사람도 챙기자고 토멕은 마음을 다잡았다.

마을 사람들 대부분은 식당에서 함께 식사를 했다. 눈 속에 혼자 집구석에 박혀 있기를 원치 않았기 때문이었다. 그렇게 마을 사람들이 모이면, 저녁 식사 후로는 카드나 체스 게임이 벌어지기도, 음악 연주와 즉흥 연극이 펼쳐지기도 했다. 토멕은 연주하고 노래하고 연기하기를 좋아하며, 무엇보다 사과주를 더없이 즐기는 이곳 향수 마을 사람들이 얼마나 유쾌하고 재미난 사람들인지 온몸으로 실감할 수 있었다. 토멕은 그들 사이에 섞여 차츰 본연의 쾌활함을 되찾아갔다.

낮이면 토멕은 향수 공장으로 페피곰을 찾아가곤 했는데, 그녀는 어느 때라도 한결같이 반가운 얼굴로 달려 나와 토멕을 맞아주었다.

"앗, 토멕 씨 왔어요! 이렇게 들러주니 너무 반갑고 좋네요."

종종 페피곰은 새로운 향수를 가져와 토멕에게 보여주며 어떤 느낌이 드는지 묻곤 했다.

"이 향수 냄새는 어때요? 개미를 한 마리 보는 느낌인가요? 아니면 여러 마리 느낌인가요?"

토멕이 향수에 대해 자신의 의견을 들려주면 두 사람은

그것으로 한참 동안 즐겁게 얘기를 나눴다. 페피곰은 작은 것에도 쉽게 웃음을 터뜨리는 맑고 밝은 사람이었다.

석 달이라는 시간이 그렇게 흘렀다. 어느 오후, 토멕은 에스테르곰이 기다리고 있으니 도서관으로 오라는 전갈을 받았다. 도서관으로 가보니 에스테르곰 곁으로 이 동네 사람치고는 키가 무척이나 큰, 수염이 나고 호탕한 느낌의 한 남자가 앉아 있었다. 키는 토멕과 거의 맞먹을 정도였다.

"토멕 씨, 바스티발라곰을 소개하지요. 우리 마을 선장님이랍니다. 사실 이런 자리를 마련해야 하나 계속 주저했는데, 아무래도 해야지 싶더라고요. 이제까지 당신의 그 길고 험한 여정만 봐도 알 수 있듯, 당신은 결심했다 하면 해내고야 마는 사람이니, 이제 와서 그만두라고 말려봐야 소용없을 것 같더라고요. 맞지요?"

"네, 사실 그래요. 전 여행을 계속할 겁니다."

토멕이 대답했다.

"그렇게 말할 줄 알았어요. 그랬기에 당신을 붙잡는 대신 돕기로 마음먹은 거랍니다. 원한다면 오는 봄에 우리 선원들과 함께 떠나도록 해요. 하지만 그 전에 그 항해가 얼마나 위험천만한 일인지 잘 숙지하고 떠나야 할 겁니다. 그런 이유로 오늘 이 자리에 우리의 용맹한 선장님을 모신 거지요. 저보다 훨씬 실감 나게 설명해주실 겁니다. 자, 바스티발라곰 선장님?”

붉은 수염이 얼굴을 덮은 그 사나이는 잔기침 몇 번으로 목을 풀더니 이야기를 시작했다.

“우리 마을의 향수가 얼마나 진귀한 것인지 이미 잘 알고 계시리라 믿습니다. 세상에서 유일한 그 향수는 우리의 하나밖에 없는 생계 수단이기에, 그걸 얼마나 잘 파느냐에 우리 동네의 사활이 달렸지요. 그런데 문제는 우리의 큰 고객이 바다 건너편에 있다는 겁니다. 그렇기에 일 년에 한 번, 봄이면 우리는 큰 바다를 가로지르는 모험을 감수해야만 한답니다. 결코 성공을 가늠할 수 없는 일이기에 그만큼의 용기가 필요하답니다. 여기 이 등록 대장을 좀 보세요…….”

바스티발라곰은 가죽으로 제본한 낡고 커다란 장부를 꺼내 토멕의 눈앞에 펼쳐 들었다. 오른쪽 페이지에는 멋진 범선 세 척이 그려져 있었는데, 갑판 위에 선 선원 모습까지 구별해낼 수 있을 정도로 세밀하게 묘사된 그림이었다.

“여기 왼쪽 페이지를 보시면 배의 이름과 출항 연도가 적혀 있습니다. 이 배는 ‘희망호’였고, 사라지기 전까지 대양 횡단에 세 번 성공했어요.”

바스티발라곰은 다음 페이지로 장부를 넘겼다.

"이 배는 '다정호'입니다. 두 번 횡단에 성공했군요. '경계호'는 선장 톨곰의 지휘 아래, 여덟 번이나 이 바다를 왕복했답니다. 아직 그 어떤 배도 따라잡지 못한 대단한 기록이지요. 또 어디 보자… '진주호', 진주호는 첫 번째 항해를 떠난 뒤로는 돌아오지 못했답니다."

에스테르곰이 갑자기 코를 훌쩍이며 큰 소리로 코를 풀었다. 바스티발라곰은 잠깐 아무 말이 없었다. 출항 연도와 배 이름이 적힌 리스트는 그다음 페이지, 다음 페이지로 계속 이어져 장부의 끝까지 채워져 있었다.

"이 사람들은 누구인가요?"

토멕이 왼쪽 페이지에 적힌 이름을 가리키며 물었다.

"선장과 선원들의 이름이요. 그들을 잊지 않기 위해서입니다."

그리고 또 침묵. 그 정적을 깨고 토멕이 다음 질문을 했다.

"그러면 여기 이 A는요?" 뭘 의미하는 거죠? 꽤 자주 씌어 있는 것 같던데."

이때 에스테르곰과 바스티발라곰이 시선을 주고받았다. 잘 숨겨지지 않는지 당황한 기색이 역력했다.

"아, 그건……."

눈치를 보던 바스티발라곰이 먼저 답했다.

"A는 무지개(프랑스어로 무지개는 Arc en ciel이다 —옮긴이주)를 뜻합니다.”

“무지개요?”

“네, 무지개 아래를 지나간 뒤로 사라져버렸다는 뜻입니다. 그 후로 어찌 되었는지는 아무도 모르고요.”

“아니, 살아 돌아온 사람이 없다면서 어떻게 알죠, 그 배가 무지개 아래를 지났는지 아닌지?”

“아뇨, 그건 확실해요. 무지개를 보고 놀란 선원들이 구명 보트를 던져 바다로 뛰어들었더랬죠. 파도에 휩쓸려 표류하다가 아마도 상어의 기습을 받아 대부분은 목숨을 잃었을 테고, 겨우 살아남은 몇 사람만이 해안가까지 밀려와 목숨을 건지거나 다른 배에 구조되었죠. 그렇게 살아남은 선원 모두가 한결같이 증언했습니다. 아무리 뱃머리를 돌리려 해도 소용없었다고요. 배는 그저 무지개를 향해 정면으로 전진해 그렇게 점점 멀어지더니 마침내 사라져버렸다고요. 자, 여기까지 우리가 알고 있는 모든 얘기를 들려드린 것 같습니다. 그러니 이제 때가 오면 떠날지 말지를 토멕 군이 결정하는 일만 남았네요.”

“네, 다시 한번 잘 생각해 볼게요.”

토멕이 대답했다.

“아, 참.”

바스티발라곰이 일어서면서 덧붙였다.

"폭풍우와 상어 그리고 해적 이야기를 빠뜨렸군요. 바다를 지나다 보면 자주 마주치거든요. 하지만 뭐 그 정도 위험쯤이야……"

바스티발라곰은 토멕과 에스테르곰과 악수를 한 뒤 자리를 떠났다.

한 달 전만 해도 배를 타고 바다로 간다는 것은 더없이 정신 나간 일이라 생각했지만, 떠나리라는 확신에 변함이 없는 토멕은 어떤 도움이라도 받고자 했다. 어느 날 저녁, 식당에 간 토멕은 페피곰에게 그런 자신의 속마음을 털어놓았다. 그녀는 금세 울상이 되어서는 죄 없는 베이컨 크레이프를 포크 끝으로 쿡쿡 찔러대며 말했다.

"마을에 계속 머물기를 바랐는데, 그러면 잘 통하는 좋은 친구가 될 수 있으리라 생각했는데……"

우리는 벌써 좋은 친구인 걸요, 토멕은 속으로 생각했다. 사실 그녀가 말하려던 건 그게 아니란 걸 대번에 눈치챌 수 있었다.

"저 역시 그래요. 그런데… 전 약혼자가 있답니다."

토멕이 얼굴을 붉히며 대답했다.

"어머, 정말요? 누군가요, 아마도 우리 마을 소녀겠죠?"

"아뇨, 아뇨, 그럴 리가요. 우리 세계 사람이랍니다."

"혹시 한나? 우리 마을에 머물렀던?"

페피곰은 후각만 뛰어난 게 아니었다. 직감 역시 날카로웠다.

"네, 맞습니다. 그녀가……."

토멕이 당황해 머뭇거렸다.

"아 그랬군요. 예쁜 사람이던데 축하해요."

페피곰은 얼굴에 웃음을 띠려 애썼지만, 속마음은 그렇지 않아 보였다.

할 수 있었다면 페피곰을 안고 위로해주고도 싶었지만, 안타깝게도 식탁 주위로 너무 많은 사람이 모여 있어 토멕은 차마 그렇게 하지 못했다.

"하지만 페피곰. 내가 널 참 많이 좋아한다는 건 알지? 넌 이제껏 내가 만난 소녀 중 가장 친절하고……."

순간, 토멕은 자신이 페피곰을 '너'라 부르며 반말을 하고 있음을 깨달았다. 그렇게 튀어나온 반말에 둘은 웃었고, 마침 흘러나온 신나는 음악에 두 사람은 춤을 추러 몸을 일으켰다.

며칠 뒤에는 날이 풀려 포근해졌다. 쌓였던 눈은 내릴 때처럼 그렇게 빠른 속도로 녹아내렸고, 들판은 곧 꽃봉오리로 뒤덮였다. 사람들은 바다 쪽을 오가며 용맹호의 출항 준비에

돌입했다. 용맹호, 그렇다. 출항을 기다리며 포구에 대기 중인 범선의 이름은 바로 '용맹호'였다. 사람들은 용맹호에 식량, 옷가지, 한 달이 넘는 긴 항해 동안 즐길 수 있는 놀이기구를 챙겨 실었다. 특산품인 향수를 담은 상자들은 선박 내 화물창고로 조심히 옮겨졌다. 마침내 출항 날, 마을 사람들이 모두 해안가로 나와 떠나는 이들을 배웅했다. 바스티발라곰과 열네 명의 선원들은 사랑하는 가족에게 인사를 마친 뒤 배에 올랐다. 선원들 모두가 갑판에 섰을 때, 에스테르곰이 커다란 바위를 받치고 그 위에 올라서더니 주머니에서 연설문이 빼곡히 적힌 종이를 꺼내 들었다. 안경을 코에 걸치고 낭독을 시작하려는데 감격에 겨워선지 그의 입이 잘 떼어지질 않았다.

"잘 다녀와요, 친구들!"

에스테르곰은 그저 이 말만 외치며 펼쳤던 종이를 다시 접어 넣었다.

"잘 다녀와요!"

사람들 모두 흰 손수건을 흔들며 따라 외쳤다.

페피곰은 떠나는 토멕에게 향수 하나를 건넸다.

"널 위한 선물이야. 출발하고 나서 열어봐, 꼭."

이번에는 사람들의 시선에도 불구하고, 토멕은 동그랗고 작은 페피곰을 품에 꼭 안았다.

"고마워, 페피곰. 곧 돌아올게. 걱정하지 마."

토멕은 얼른 배로 뛰어올랐다. 높게 치는 파도 속에서 선원들은 하얀 돛을 올렸다. 용맹호는 곧 바람을 안고 너른 바다를 향해 나아갔다. 저 멀리 서쪽 하늘에는 해가 저물고 있었다. 마지막 힘을 다해 타들어 가는 태양은 주위를 온통 붉은빛으로 물들이며 수평선 위로 서서히 떨어져 내리고 있었다.

제12장 바스티발

선실 하나가 토멕에게 독방으로 배정되었다. 토멕은 짐 정리를 얼른 마치고 페피곰이 선물한 향수를 꺼내 뚜껑을 열고 향기를 맡아보았다. 한나는 향수를 뿌리지 않으니 그녀의 향기일 리 없건만, 신기하게도 한나가 바로 곁에 있는 듯 느껴졌다. 대단해, 페피곰은 어쩜 이렇게 멋진 걸 만들어냈지? 토멕은 한 번 더 향수병을 코로 가져가 본다. 지난번과 마찬가지로, 나지막한 언덕 위에 악사들 여럿과 춤을 추는 사람들이 보였다. 그런데 이번에는 친구에 둘러싸인 채 벤치에 앉아 꽃비를 맞고 있는 신부가 페피곰이 아닌 한나였다. 눈이 부시도록 아름다운 한나. 그녀가 토멕에게 입을 맞추고 있었다. 아, 페피곰, 고마워! 넌 정말 좋은 사람이야, 토멕은 중얼거렸다.

출항 후 며칠 동안은 날씨도 좋고 바다도 잠잠했다. 바람은 용맹호의 큰 돛을 마침맞게 부풀려 적당한 속도를 낼 수 있게 해주었다. 항해가 순조로운 틈을 타 선원들은 토멕에게 뱃일을 이것저것 알려주었는데, 그중에서도 토멕은 앞쪽 돛대를 타고 저 높이까지 기어 올라가 끝없이 펼쳐진 푸른빛 망망대해를 바라보는 일이 가장 마음에 들었다. 거기서 내려다보이는 세상은 너무도 고요해 과연 위험이란 게 있기나 한 걸까 의심이 들 정도였다. 토멕은 바스티발라곰의 참관 아래 키를 조종하기도 했는데, 그럴 때마다 그와 허심탄회하게 이런저런 이야기들을 나눌 수 있었다. 어느 날에는 토멕이 이렇게 물었다.

"바스티발라곰 선장님, 어떤 계기로 선장이 되신 건지 여쭤도 될까요?"

"그 얘기를 하자면 긴데. 사실 난 향수 마을 사람이 아니란다. 너처럼 외지에서 왔지."

토멕은 깜짝 놀랐다.

"정말요? 몰랐네요."

"이 너른 바다를 건너면 닿게 되는 곳, 바로 그곳에서 왔지. 내 진짜 이름은 바스티발이란다. 그런데 지금으로부터 30년 전, 향수 마을에서 내 남은 생을 보내리라 결심하며 바스티발라곰이라고 이름을 바꿨지. 바스티발라곰, 어때, 괜찮지 않니?"

"바스티발라곰, 듣기 좋은 이름이에요."

"그렇지? 바스티발… 이라는 이름은 이제 더 이상 존재하지 않아. 잘 된 거지."

뭐가 잘된 일이란 건지 토멕은 묻고 싶었지만, 무례한 질문일까 싶어 꾹 참았다. 선장이 그걸 놓칠 리 없었다.

"내 이야기가 궁금한 거구나? 듣고 싶다면 내 기꺼이 들려주지. 이 고요하고 잠잠한 바다 앞에 우리에 넘치는 거라곤 시간뿐이니까."

토멕은 그러자고 했고, 바스티발라곰은 이야기를 시작했다.

"토멕, 너는 착한 소년 같아. 나는 네 나이 때에는 깡패였어, 깡패. 싹수부터 틀려먹은 놈이라는 소리를 달고 살았어. '바스티발, 네가 감옥에 가면 그나마 다행이고, 교수형을 당한 데도 할 말 없을 거다.' 이런 얘기를 하루라도 듣지 않고 지나는 날이 없을 정도였어. 왜 그렇게 마구잡이로 삶을 살았던 건지, 나도 잘 모르겠어. 아마도 사람들 말처럼 태생이 그랬던 걸지도 모르지. 아무튼 어느 날, 아버지가 나를 옷감을 파는 상인에게 데리고 갔어. '바스티발, 이곳은 내 가장 막역한 친구네 가게다. 너를 써주기로 했어. 수습생으로 가르쳐가며 일을 시키기로 말이야. 네가 얼마나 어리석은 짓을 하며 살아왔는지 친구는 다 알고 있지만 눈감아주기로 했단다. 그러니 이번 기회가 네게 얼마나 소중한 기회인지 잊지 말기를 바란다. 알겠지?' 말을 마친 아버지는 가게 문을 두드렸고 곧 주인이 나왔지. 그는 내 두 손을 꼭 붙잡고는 내 눈을 똑바로 바라보며 말했어. '사람들이 너에 대해 하는 얘기, 다 들어 알고 있다. 하지만 그게 어떻든 나는 상관없어. 이제부터 넌 내 아들이다. 바스티발, 앞으로도 계속 그럴 거고. 난 너를 믿는다.' 며칠 뒤에도 그 아저씨는 내게 같은 말을 또 해주었어. '누가 뭐라든 난 상관없다, 바스티발. 넌 좋은 놈이야. 난 널 믿는다.' 그 말을 듣고 있자니, 어쩌면 내게 필요했던 건 단지 이렇게 말해주는 사람이었는지도 모르겠다는 생각이 스치더라. 나는 하루하루 변해갔어. 어디에 내놓아도 부끄럽지 않은, 누구보다 근면하고 양심적인 수습생이 되어갔지. 2주가 겨우 흘렀을까, 아저씨는 내게 금고 열쇠를 맡기더라. 내가 그걸 가지고 어떻게 했겠니?"

토멕의 답을 눈치챘는지 바스티발라곰이 길게 고개를 끄덕이며 말했다.

"물론, 난 가지고 떠났지."

"열쇠를… 가지고요?"

토멕의 천진난만함에 바스타발라곰은 어이가 없어 피식 웃음이 났다.

"열쇠라니, 무슨 그런. 금고에 든 돈을 가지고 떠난 거야.

내게 뭘 더 바라니. 닭에게 닭아, 닭아, 난 널 믿는다, 이제 알을 그만 낳으렴! 이렇게 얘기하는 거나 매한가지지. 물론 닭은 처음엔 알았다고 할 거야. 그리고 하루 이틀은 애써보겠지. 하지만 그러다 지치면 결국 닭이 어쩌겠어?"

"알을 낳아버리겠죠."

"그거지. 알을 낳고 마는 거지. 난 돈을 들고 도망쳤어. 몇 날 며칠 동안 시골길을 걷고 또 걸었고, 밤에는 마주치는 헛간이나 동물 우리로 몸을 피해 눈을 붙였지. 그러는 내내 나를 가장 힘들게 한 것은 다름 아닌 수치스러움이었어. 돈 자루는 천근만근 무겁기만 했고, 결국 나는 그걸 계곡에 던져버렸지. 그러고는 바다까지 무작정 걸은 거야. 작은 고기잡이배가 두 척 보이길래 한 대를 훔쳐 노를 저었지. 내가 어떻게 선장이 됐는지를 물었던가? 토멕, 내가 선장이 된 건 바로 그 순간이었던 것 같아. 말도 안 되는 엉터리 선장이었지만 말이야. 그 엉터리 선장은 먼 바다로 나가 엄마를 부르며 펑펑 울어버리고 말았어. 망망대해 한가운데, 더 이상 노 젓는 것도 잊고 그저 물결 따라 흘러가게 둔 작은 배에서, 하늘 아래 정말 나 혼자임을 절감하고 절감한 순간이었지. 더 이상 먹을 것도 마실 것도 없었어. 밤이 되자 온몸이 꽁꽁 얼어붙었어. 차라리 물에 뛰어들자, 그러면 이 모든 게 끝날 거야 싶었어. 그런데 왜 그렇게 하지 않았는지 알아?”

“무의식중에 구조되기를 바랐던 게 아닐까요?”

토멕이 어림짐작으로 답했다.

“전혀. 죽어버리자고 물에 뛰어들지 않은 건 수영을 할 줄 몰랐기 때문이었어. 정말 웃기는 이유 아니니?”

바스티발라곰은 웃음을 터뜨렸다.

“그래서 결국 어떻게 됐나요?”

토멕이 물었다.

“새벽녘에 눈을 떠보니, 난쟁이들이 내 몸뚱이를 자기들 배로 옮기느라 한참 끙끙거리고 있더라고. 그들은 담요로 내 몸을 덮어주며 따뜻한 우유를 마시게 했지. 베이컨이 들어간 크레이프도 챙겨주고. 이미 눈치챘겠지만, 향수 판매를 마치고 고향으로 돌아가던 향수 마을 뱃사람들이 나를 구해준 거였어. 그때의 배 이름은 ‘경계호’였고, 선장은 톨곰이라는 사람이었지. 경계호 창고에는 향수와 맞바꾼 온갖 옷감과 곡식이 그득했던 게 기억나. 향수 마을 사람들은 그제나 지금이나 성격 좋고 행복해할 줄 아는 사람들이잖아. 그들은 내게 뭘 꼬치꼬치 캐묻지도 않았어. 그저 지극 정성으로 나를 간호할 뿐이었지. 그렇게 해서 난 향수 마을로 가게 되었고, 그렇게 그들은 내 목숨의 은인이 된 거야. 그 뒤로 난 그들에게 은혜를 갚기 위해…….”

“그래서 선장이 되신 거로군요? 대신 위험을 감수하려고.”

“내 마음을 읽었네. 마을에서 선원이 되려면 독신에다 자식이 없어야 하는 게 필수조건일 정도로, 바다에 나가는 일을 위험천만하다고 여기거든.”

“정말 그 정도인가요?”

토멕은 덜컥 두려워졌다.

“그래도 지원자들이 있기는 하겠지요?”

“있기는 하냐고? 넘치지 넘쳐!”

바스티발라곰이 큰 소리로 외쳤다.

“향수 마을 사람들이 생긴 건 아이들처럼 동글동글하고 자그마하지만 얼마나 용감한지 모른단다. 모두 마을을 위해 언제든 몸 바쳐 희생할 각오가 되어 있는 사람들이야.”

토멕의 머릿속에는 한 가지 질문만이 맴돌았다.

“바다를 여러 번 건너갔다고 하셨잖아요. 그런데 집에는 안 가보셨어요? 부모님을 다시 뵌 적은 없으세요?”

“뭐라 대답을 해야 할지 잘 모르겠네.”

선장의 얼굴에 서글픈 미소가 드리웠다.

“3년 전이었어. 향수를 팔러 바다 건너편에 갔었는데, 마침 내가 살던 동네였어. 언덕 아래 자리한 자그마한 마을이었지.

나는 며칠을 언덕 위에만 머물렀어. 내려갈 용기가 나질 않아서였지. 30년에 가까운 세월 동안 가보지 못했으니 그럴 만도 했지. 그러던 어느 저녁, 나이 든 노인이 언덕 위로 난 길을 따라 점점 가까이 다가오는 거야. 난 왠지 이상한 느낌이 들어 얼른 나무 위로 몸을 숨겼어. 맞아, 아버지였어. 그새 너무 늙어버려 알아보기 힘들 정도였어. 아버지는 나무 아래에 잠시 멈춰 서서 마을을 내려다보시더군. 슬픈 얼굴로 한참을 골똘히 생각에 잠겨 계시더군. 그때, 난 아버지 머리 위쪽으로 2미터 떨어진 나뭇가지에 앉아 있었어. 아버지는 날 보지 못했지. 난 당장에라도 뛰어 내려가 아버지, 잘 계셨어요, 저예요, 제가 왔어요, 라고 외치고 싶었어. 하지만 그때 난 마흔이었어. 마흔이나 되어서 갑자기 나무에서 쪼르르 뛰어나와 '아빠, 안녕'을 외칠 수 없는 노릇이었지. 대신 마음속으로 아버지께 빌고 또 빌었어. 내가 아버지와 어머니께 안긴 모든 걱정과 슬픔을 용서해 달라고. 몇 분이 지났을까, 아버지는 느린 걸음으로 왔던 길을 따라 다시 멀어져 갔어. 나뭇가지에 앉은 채로 멀어져 가는 아버지의 모습을 지켜보고만 있는데, 난 다시 바스티발이 되었어. 어린 시절의 바스티발로 다시 돌아간 거지. 그러면서 울기도 좀 울었지만 부끄럽진 않았아. 마침 주위를 지나는 선원들이 보여서 나는 부리나케 나무에서 내려왔어. 그리고 다시 바스티발라곰 선장으로 돌아왔지. 그래야만 했으니까……. 산다는 게 그런 건가 봐, 토멕."

그때 마침, 세찬 파도가 뱃전에 부딪혀 산산이 흩어지면서 두 사람을 흠뻑 적셔놓았다. 그 덕에 두 사람의 대화는 여기서 끊어졌다.

다음 날 아침 아홉 시쯤, 어린 선원이 토멕의 방문을 똑똑똑 세 번 두드렸다.

"모두 갑판으로 모이라는 선장님의 지시입니다!"

토멕은 신발을 주워 신고 부리나케 달려나갔다. 모든 선원이 이미 다 집합해 있는 걸 보니, 여행객이라고 토멕에게 가장 늦게 알린 것이 틀림없었다. 꼿꼿이 선 선원들은 석상처럼 흔들림 하나 없었다. 누구 하나 소리를 내는 이도 없었다. 배 앞쪽으로 펼쳐진 푸르른 하늘에는 숨 막히도록 아름다운 무지개가 더없이 완전한 곡선을 그려내고 있었다.

토멕은 불로 뛰어드는 벌레처럼 단숨에 무지개를 향해 달려갔다. 눈 앞에 펼쳐진 장관에 말문이 막혀, 한마디 말도 뱉을 수가 없었다. 조타실에 서 있던 바스티발라곰은 선원들을 향해 몸을 돌려 이렇게 일렀다.

"여러분, 우리 배는 더 이상 조종이 불가합니다. 배는 반응

없이 그저 무지개를 향해 전진하고만 있습니다. 용맹호는 힘껏 저항했으나 알 수 없는 힘에 이끌려 더 이상 어쩔 수가 없습니다. 저 너머에 과연 무엇이 있을지, 저도 알 수 없습니다. 단지 저 너머에서 다시 돌아온 사람이 아무도 없다는 것만 압니다. 고로 이 순간, 저는 여러분 모두에게 더 이상 저의 명령을 따를 필요가 없음을 알립니다. 탈출을 위해 구명보트를 사용해도 좋습니다. 대신, 이 부근에 들끓는 상어 떼에 주의해야 합니다. 원한다면 배에 남아도 좋습니다. 어느 쪽을 선택하든 여러분의 용기는 향수 마을의 이름을 걸고, 제 이름을 걸고 칭송받을 것입니다. 물론 저는 마지막까지 용맹호와 함께할 것입니다. 자, 여러분께 마지막 명령을 내리겠습니다. 탈출을 결정한 사람은 물로 뛰어들기 바랍니다. 배에 점점 속도가 붙고 있습니다. 속히 움직이길 바랍니다. 이상입니다."

처음에는 선원 중 그 누구도 움직이지 않았다. 대신 한 발짝 한 발짝 서로의 곁으로 다가가기 시작하더니, 모두 어깨에 어깨를 걸로 다 같이 정면을 바라보고 섰다. 저만치에서 혼자 주저하고 있는 토멕을 본 어느 선원은 함께하자고 토멕에게 권했고, 바스티발라곰 역시 모두와 함께 섰다. 머리 위로 숨막히게 펼쳐진 눈부신 무지개를 바라보면서, 서로의 온기를 놓치지 않으려는 듯 모두가 그렇게 꼭 붙어 서 있었다.

제13장 존재하지 않는 섬

꿈처럼 환상적인 장관이 눈앞에 펼쳐졌다. 자욱한 안개와 뒤섞인 무지개는 색색의 빛을 발하는 무수한 물방울로 다가왔다. 그 물방울은 신선한 기운이 되어 얼굴을 스쳤고, 영롱한 하프 소리를 내며 부서졌다. 그렇게 울려 퍼지는 천상의 음악을 듣고 있자니, 여기서 모든 게 끝난다고 하여도 이것만으로도 아름다운 죽음일 것 같았다. 토멕이 주위를 둘러보니 선원들 역시 어느새 두려움은 다 잊었는지 만면에 미소가 가득했다. 바다는 바람 한 점 없이 잔잔한데도 용맹호는 물결을 헤치고 일정한 속도로 나아가고 있었다. 그 속도 덕에 이제 무지개를 보려면 뒤를 돌아봐야 할 정도였다. 그런데 갑자기 무지개의 빛깔이 점점 희미해지기 시작하더니 마침내 하늘에서 완전히 사라지고 말았다. 눈을 비벼 다시 보아도 남은 것이라고는 더없이 잔잔하고 고요한 바다뿐이었다. 용맹호는 그 고요를 뚫고 미끄러지듯 나아갔다. 그때 한 선원이 손을 뻗어 저 멀리 가리켰다. 그의 목소리가 떨리고 있었다.

"저기, 저기, 육지가 보여요!"

삭막한 섬으로는 보이지 않았다. 도리어 반대였다. 초록 수풀이 우거져 있었으며, 섬으로 다가서면서는 아이들 놀이집을 닮은 귀여운 오두막들도 눈에 들어왔다. 용맹호는 아무런 조종도 없이 저절로 작은 포구 쪽으로 빨려 들어가듯 움직였다. 멀리 정박해 있는 범선 여러 척이 보였다. 포구가 바로 몇 백 미터 앞으로 다가왔을 때였다. 바스티발라곰이 토멕의 팔을 으스러지도록 움켜쥐더니 웅얼거렸다.

"세상에… 이럴 수가… 이게 꿈인가 생시인가……."

대체 무엇이 이 사람을 이렇게 당황하게 만든 건지 토멕은 궁금했다. 그 이유는 바로 밝혀졌다. 제일 앞쪽에 정박해 있는 배의 몸체에는 희망호라고 쓰여 있었다. 두 번째 배는 다정호였다. 나란히 줄 맞춰 서 있는 두 배 모두 온전한 상태 그대로였다. 한때 어린 바스티발을 맞아주었던 경계호, 처음 나선 항해에서 다시는 돌아오지 못했다던 진주호를 비롯하여 불꽃호, 경비정호, 대양호도 그곳에 있었고, 이제껏 사라졌다 믿어 왔던 여러 척의 배가 그곳에 정박해 있었다. 선원들 모두 이 기막힌 광경에 어찌할 바를 몰라 그저 뚫어져라 배들을 바라볼 뿐이었다. 아, 과연 이제는 어떤 일이 펼쳐질 것인가, 선원들은 속으로 조용히 묻고만 있었다. 배가 점점 육지 쪽으로 다가서자, 해변에 모여 있던 15명 남짓한 젊은 아가씨들이 부리나케 도망쳐버리고, 어린 소녀 한 명만이 자리에 그대로 남아 용맹호의 입항을 지켜보고 있었다. 토멕은 그 소녀가 향수마을 소녀들과 많이 닮았다는 생각이 들었다. 흑색에 가깝도록 짙은 피부색만 빼면 말이다.

용맹호가 다른 배 옆으로 안전하게 자리를 잡자 바스티발라곰은 갑판에 서서 꼬마 소녀를 불렀다.

"얘야, 여기가 대체 어디니?"

대답하기는커녕, 소녀 역시 돌아서 후다닥 달아나버렸다. 바스티발라곰은 선원들에게로 돌아와 이렇게 말했다.

"내 생각으로는 꼬마가 사람들에게 알리러 간 듯합니다. 일단 배에서 내리지 말고 기다려 봅시다. 지금으로서는 지도에도 나와 있지 않은 이 섬에 대해 아는 게 하나도 없으니 무엇보다 신중한 행동이 필요할 듯합니다."

그러나 그리 오래 기다릴 필요는 없었다. 2분도 채 못 되어 한 무리의 사람들이 언덕을 넘어 포구 쪽으로 밀려 내려왔다. 열대지방에 사는 사람들이 그렇게 하듯, 허리에만 간단하게 천을 두르거나 얇은 가운을 걸친 그들은 환영의 표시로 크게 손을 흔들면서 잰걸음으로 달려오고 있었다. 마침내 그들은 포구에 다다랐고, 토멕은 왠지 자신이 이 사람들을 아는 것도 같고 모르는 것도 같은, 말로 설명하기 힘든 묘한 인상을 받았다. 대부분은 향수 마을 사람으로 혼동할 만큼 그들과 많이 닮아 있었으며, 나머지 사람들은 아까 본 아가씨들과 소녀처럼 피부색이 훨씬 검었다. 그러던 중 한 선원이 소리쳤다.

"조르곰! 조르곰 형 맞지?"

선원은 곧장 물로 뛰어들더니 제방까지 단번에 헤엄쳐 가 자신과 쌍둥이처럼 꼭 닮은 젊은 청년의 품에 안겼다. 곧 두 번째 외침이 들려왔다.

"삼촌! 삼촌! 저예요!"

두 번째 선원 역시 포구의 맑은 물로 첨벙 뛰어내렸다. 이를 본 바스티빌라곰은 어서 인도교를 내리라고 명령했고, 곧 연결 다리가 배와 육지 사이에 놓였다. 갑판에 남은 토멕은 감격스러운 재회의 장면 모두를 지켜볼 수 있었다. 선원 한 사람 한 사람이 삼촌을, 친구를, 할아버지를, 사랑하는 이들을 품에 안았다. 사라졌다고 철석같이 믿으며 한없는 눈물로 세월을 보냈건만, 이렇게 외딴 낯선 섬에서 밑도 끝도 없이 불쑥 만나 서로를 다시 품에 안을 수 있게 된 것이다. 끝없는 눈물과 포옹이 이어졌다. 그중에서 가장 눈물겹고 아름다운 재회는 바스티발라곰과 경계호의 늙은 선장 톨곰의 만남이었다. 두 사람 역시 서로를 오래도록 꽉 껴안았다.

선원 모두 각자의 가족을 따라 머물 집으로 흩어졌고, 아는 이가 없는 토멕은 바스티발라곰과 함께 톨곰 선장의 집으로 향했다. 도착하여 이곳 방식을 따라 돗자리를 깔고 앉으니 젊은 아가씨 한 명이 커피를 가져다주었다.

"바스티발."

톨곰이 입을 열었다.

"설명이 필요하겠죠? 당신에게도 또 젊은 친구 토멕에게도요. 우선 두 분이 도착한 이곳은 '존재하지 않는 섬'이란 곳입니다."

"존재하지 않는 섬이라고요? 거참 이름 한번 희한하군요! 바스티발라곰이 투덜댔다. 이렇게 버젓이 섬이 존재하는데, 그리고 그 섬에 우리가 이렇게 와 있는데, 존재하지 않는다고요?"

"말하자면, 이 섬은 여기에 있는 우리에게는 존재합니다만, 우리 외의 다른 이들에게는 전혀 알려지지 않았습니다. 왜 그런지 이유를 말씀드리지요."

바스티발라곰과 토멕은 귀를 기울였다.

"이 섬에는 태곳적부터 사람이 살아왔습니다. 보시다시피 땅도 비옥하고 기후도 온화하니까요. 그런데 넓디넓은 바다의 정중앙에 위치하다 보니, 바다 너머 육지에서 보면 세상에서 둘도 없이 먼 곳인 셈이지요. 지도에 표시한다고 해도 끝도 없이 펼쳐진 망망대해 속 바늘 끝만한 크기일 겁니다. 바람과 파도가 묘하게 맞아떨어져 우연히라도 이 근처를 지나가게 된 배조차도 섬을 발견 못 한 채로 되돌아 나갔지요. 그러니 '존재하지 않는 섬'만큼 고립된 곳은 세상에 없다고 볼 수 있죠."

"그렇지만 우리는 여기 이렇게 도착했잖아요. 이건 어찌 설명할 수 있는 거죠?"

토멕이 용기 내어 물었다.

"그건 우리가 배를 이쪽으로 이끌었기 때문입니다."

"이끌었다고요?"

"이곳 아가씨들이……."

미안스러운지 멋쩍은 웃음을 보이며 톨곰이 대답했다.

"아가씨들이요?"

도무지 이해가 가지 않아 바스티발라곰과 토멕은 곧바로 물었다.

"네, 이곳 아가씨들이요. 백 년쯤 전부터 이 섬에는 희한한 현상이 일어나고 있답니다. 아이가 태어나는 족족 여자아이인 거예요. 단 한 명의 사내아이도 없었답니다. 어떻게 그런 일이 있을 수 있냐고 묻지는 말아주세요. 저 역시 그 이유를 모르니까요. 아무튼 이곳 사람들은 딸이 아들만큼 좋다고, 아니 딸이 낫다고 여기고 있었어요. 그러니 사실 불평할 이유가 없었지요. 하지만 시간이 흐르면서 걱정거리가 생기게 된 겁니다. 남자 없이 어떻게 자식을 낳겠어요? 섬에 아기가 태어날 때마다 모두 실낱같은 기대를 해보았지만, 출산을 도운 산파는 번번이 축 처진 어깨로 아기를 안고 와 '딸입니다'를 알릴 뿐이었지요. 혹시라도 외부에서 배가 오지나 않을까 하는 희망에 수평선에서 눈을 떼지 않았지만 그 역시 허사였어요. 그렇게 20여 년이 흘러간 겁니다.

그러던 어느 날, 알마라는 아가씨가 그녀의 엄마에게 물었어요. 엄마가 젊었을 적, 다시 말해 총각들이 있었을 시절에는 도대체 어땠었냐고요. 엄마는 알마에게 어떻게 유혹하고, 또 어떻게 유혹에 넘어갔었는지를 들려줬죠. '알마, 그거 아니? 남자들은 늘 자신이 여자를 선택한다고 믿지만, 사실은 우리 여자들이 우리를 고를 남자를 선택하는 거란다. 언제나 그랬지.' 더욱 궁금해하는 알마에게 엄마는 처녀가 총각을 어떻게 매혹할 수 있는지 그 방법을 설명해주었어요. 방법은 간단했죠. 진심으로 간절히 바라면 된다는 거였죠. 어때요, 바스티발. 이거야말로 정답이지 않습니까? 그런 경험 있지요?"

"아니, 저……."

바스티발라곰이 머뭇거렸다.

"저는 아직 독신이라서요……."

토멕은 그가 얼굴을 붉히는 모습에 은근히 놀랐다. 톨곰이 얘기를 이어 나갔다.

"그날 이후 알마의 머릿속에는 한 가지 생각뿐이었어요. 열네 명이나 되는 친구들 모두를 설득했어요. 그리고 어느 저녁, 친구들을 데리고 바닷가로 가 바위에 앉아 간절하게 바란 거예요, 배가 오기를요. 어떻게 됐을까요? 배가 왔을까요?"

"배가 왔군요."

토멕이 소리쳤다.

"바로 그겁니다. 정말로 배가 온 거예요! 몇백 년 동안 단 한 번도 오지 않았던 배가 그때 나타난 겁니다! 더군다나 배에는 선원 열다섯 명이 타고 있었죠. 우연치고는 대단한 일이지요. 선원들은 열다섯 명의 아가씨들과 결혼하여 아이를 낳았죠. 물론 모두 딸이었어요. 그 딸들이 자라 결혼할 나이가 되었을 때 그들은 그네들의 엄마가 했던 그대로를 따라 했고, 그렇게 대를 이어 지금까지 계속되어 온 거랍니다. 어때요, 아주 간단하지 않습니까?"

"그렇다면, 우리 배 역시 같은 방법으로 이 섬에 이끌려 온 거란 말씀인가요?"

아직도 어리둥절하기만 한 토멕의 물음에 톨곰이 고개를 끄덕였다.

"물론이지요. 도착할 때 포구에 아가씨들이 모여 있는 모습을 봤지요?"

"네, 봤어요."

뒤돌아 금세 사라져버린 그녀들의 모습을 떠올리며 토멕이 대답했다.

"그런데 모두 도망가 버리던걸요."

"내 그럴 줄 알았습니다. 25킬로미터 떨어진 거리에서도 당신들을 끌어들일 수 있는 능력이 있으면서도, 또 그렇게 바랐으면서도, 당신들이 진짜로 나타나고 나니 쑥스러워진 겁니다. 그래서 그렇게 도망쳐버린 게지요. 매번 어찌들 그리 똑같은지!"

"제가 이해한 게 맞다면 말이죠……."

바스티발라곰이 수줍어하며 끼어들었다.

"무려 수 톤이나 나가는 우리 배를 단지 이곳 아가씨들의 간절히 바라는 힘만으로 끌어들였다는 말인가요? 솔직히 믿어지지 않네요."

그 말에 톨곰은 한숨을 내쉬었다.

"바스티발, 그대는 이 섬 여인들의 힘을 너무 과소평가하고 있어요. 그들을 잘 알고 있는 나 역시, 이 한 가지 사실은 여전히 놀라울 따름이랍니다. 어떻게 이끌려온 배들 모두가 그렇게 단 한 번의 충돌도 없이 안전하게 포구로 들어설 수 있는 건지."

"아, 그건 정말 대단했습니다."

바스티발라곰도 동의했다.

"톨곰 씨, 그런데 대체 어떻게 모든 선원이 이 섬에 그대로 머물고 있는 건가요? 이곳을 떠나겠다는 사람은 이제껏 단 한 사람도 없었나요?"

토멕이 질문을 던졌다.

톨곰 선장은 고개를 떨구었고, 잠시 침묵이 흘렀다. 곧 그가 눈을 들어 토멕과 바스티발라곰을 번갈아 찬찬히 바라보았다. 그러고는 슬픔이 깊게 배인 목소리가 되어 덧붙였다.

"두 사람, 존재하지 않는 우리 섬에 오신 것을 환영합니다. 이 섬에 한 번 들어오면 다시는 나갈 수가 없답니다. 다시는……"

제14장 수수께끼

"빌어먹을! 떠나고 싶은데도 발을 붙잡고 못 떠나게 만드는 게 무엇이란 말입니까? 난 알아야겠습니다. 대체 그게 뭡니까?"

바스티발라곰이 소리쳤다.

"맞아요. 일단 도착했다면 당연히 다시 떠날 수도 있는 것 아닌가요?"

토멕도 거들었다. 마음을 눌러 진정시켜 보려 했지만 걱정이란 걱정이 한꺼번에 몰려들었다.

"두 사람이 당황하는 것, 이해합니다."

톨곰이 얘기를 시작했다.

"하지만 먼저, 앞서 도착했던 수백 명의 선원 역시 다시는 이 섬에서 나갈 수 없다는 말에 여러분과 똑같이 어이없어했었다는 것을 말씀드리고 싶네요. 하지만 몇 년이 지난 지금, 그들의 모습을 보세요. 세상 누구보다도 행복해하고 있고, 이제는 이곳에서 부인과 아이도 얻어……."

"아니, 지금 문제는 그게 아니지 않습니까!"

바스티발라곰이 버럭 화를 냈다.

"도대체 왜 이 섬을 다시 떠날 수 없는 건지 그걸 말해달라고요! 대체 애는 써 본 겁니까?"

"안타깝게도 떠나려고 시도한 사람들 모두 더 이상 이 세상 사람이 아니랍니다."

톨곰이 한숨을 내쉬었다.

"설명을 좀 더 하지요. 섬에 도착하는 길에 새로 오는 이를 맞이하던 무지개를 보셨을 겁니다. 그처럼 황홀한 광경은 세상 어디에서도 만나기 힘들 겁니다, 그렇지 않나요? 그런데 문제는 바로 그 무지개예요. 덩치 큰 범선이건, 작은 배건, 심지어는 뗏목 하나라도 섬을 떠나 너른 바다로 나가려 들면 곧바로 무지개가 드리우는 겁니다. 배가 점점 무지개로 다가가 그 아래를 지나려고 하면, 그 고왔던 무지개는 순식간에 흑색으로 변해버려요. 시커멓게 변한 무지개보다 더 무시무시한 광경은 아마 세상에 없을 겁니다. 게다가 주위로 안개가 빼곡하게 들어차서 더 이상은 아무것도 통과할 수 없게 되어버리지요. 한 가지 확실한 것은, 큰 배건 작은 배건 점차 물속으로 가라앉기 시작해 결국에는 바다 저 밑바닥으로 침몰하고 만다는 거죠. 제 말을 믿으셔야 합니다. 떠나는 걸 포기하고 여기서 적응하며 살도록 하세요. 그게 최선의 길입니다. 사실, 이곳처럼 살기 좋은 기후도 찾기 힘들어요. 양이나 소 같은 가축도 키우고, 비옥한 땅에 온갖 것을 재배할 수 있으니 부족한 건 하나도 없답니다."

톨곰이 섬에 대한 자랑을 한참 늘어놓는데, 토멕과 바스티발라곰의 귀에는 그 말이 하나도 들어오질 않았다.

오후가 끝나갈 무렵, 세 사람은 산책을 나섰다. 톨곰은 두 손님을 섬 전체가 내려다보이는 언덕 꼭대기로 데리고 올라갔다. 거기서 바라본 섬은 역시나 작고도 작았다. 한없이 펼쳐진 망망대해 한가운데 작디작은 점처럼 자리한 섬을 내려다보려니 현기증이 날 정도였다. 토멕은 불편한 표정을 내비치지 않으려 애를 썼지만, 이 작고 좁은 땅에서 앞으로의 생을 다 보내야 할지도 모른다는 생각에 당장에라도 토가 나올 것만 같았다. 섬의 그림 같은 풍경 따위는 더 이상 아무 소용도 없었다.

토멕의 머릿속에는 한나 생각이 가득했다. 다시 그녀를 볼 수 없다면 이제 무슨 낙으로 살아가야 한단 말인가? 이샴 할아버지께는 곧 돌아오겠다며 떠나왔는데, 또 가져다드리겠다던 크자르강의 물은 이제 어쩐단 말인가?

아무리 애를 써도 잠이 오질 않았다. 옆방에서 바스티발라곰이 뒤척이는 소리가 들려왔다. 그 역시 잠을 이루지 못하고 있었다. 다른 선원들도 마찬가지지 싶었다. 얼마 안 되는 짧은 시간 동안 너무도 많은 일이 일어났고, 너무도 강렬한 감정의 기복이 있었다. 천상의 무지개를 처음 마주하면서 우선은 아찔한 공포가 다가왔고, 곧이어 그 아름다움에 반한 엄청난 감동이 이어졌으며, 그 뒤로 죽지 않고 살았다는 행복감이 밀려왔다가 오랫동안 죽었다고 믿어 왔던 사랑하는 이들의 살아 있는 모습을 눈앞에서 확인하면서는 벅찬 감격이 밀려들었다. 그리고 마지막으로, 이 섬을 다시는 떠날 수 없다는 청천벽력 같은 소식을 마침내 접하게 된 것이다. 모두 이 섬이 끔찍하기도 하고 매혹적이기도 하고, 혼란스럽기 그지없었다.

꿈속에서 헤매던 토멕은 한밤중에 잠을 깼다. 꿈속에서는 마리가 특유의 환한 미소를 지으며 확신에 찬 어조로 이렇게 묻고 있었다. "토멕, 어때? 이 섬을 떠나볼 생각이니? 그럴 줄 알았어. 처음에 너 혼자 숲을 건너가려 할 때부터 알아봤지. 넌 뭐든 해내고야 말 아이라는 것을. 넌 꼭 해낼 거라고 믿는다."

동이 텄다. 모두 아직 꿈나라에서 헤매고 있을 무렵, 토멕은 마음을 다잡고 있었다. 그래, 가장 크고 무서운 병은 습관에 안주하는 거야, 익숙해져 버리는 거지. 며칠 지나지 않아 여기 머무는 게 견딜 만하다는 생각이 슬슬 들 테고, 그렇게 몇 주가 더 지나면 아마 모든 걸 체념하겠지. 톨곰 말대로 여기가 그토록 살기 좋은 곳이라면 말이야. 하지만 그렇게 막연히 기다릴 수만은 없어, 더 생각해 볼 필요도 없는 거야.

토멕은 살금살금 옷을 걸치고 도둑 걸음으로 집을 빠져나왔다. 바닷가에서 낚싯배 한 척을 발견한 토멕은 얼른 그 배를 잡아타고 바다를 향해 노를 젓기 시작했다. 그렇게 떠나버린 토멕의 침대 위에는 다음과 같은 편지 한 통이 놓여있었다.

바스티발라곰 씨, 전 무지개를 넘어가 보려고 합니다. 제가 다시 돌아오지 못하거든, 이 곰잡이용 칼을 저에 대한 추억으로 간직해주세요. 그리고 이곳, 존재하지 않는 섬에서 행복하시길 빕니다.

토멕 올림

토멕은 페피곰에게 받은 작은 향수병 하나만 달랑 들고나왔다. 물론 한나의 동전이 든 주머니 지갑은 토멕의 목에 여전히 걸려 있었다. 토멕에게 그 동전은 행운의 물건이었다. 길을 떠나 지금까지 별다른 문제 없이 잘 견뎌온 것도 다 그 덕분이었다. 차츰 멀어지는 섬 주위로 여린 장밋빛의 여명이 번지고 있었다. 섬을 바라보던 토멕이 뒤를 돌아본 순간, 멀리 수평선 위로 무지개가 펼쳐져 있었다. 톨곰의 말처럼, 어제 마주친 광경과 다를 것이 하나도 없었다. 여전히 눈부시고 여전히 황홀하고 여전히 장엄한 무지개였다. 토멕은 20분 정도 계속 속도를 내어 노를 저었다. 그러자 무지개의 빛이 조금씩 흐릿해지는 게 느껴졌다. 아직은 섬으로 되돌아가려면 갈 수 있는 때였다. 돌아간다고 해서 토멕에게 뭐라 할 사람은 아무도 없었다. 배의 방향을 돌려 포구로 가서 본래 있던 자리에 배를 묶어두고, 톨곰의 집으로 가 아직 온기가 남아 있는 침대 속으로 기어들어가면, 그 누구도 지금 이 바보짓을 눈치채지 못할 거라는 생각도 들었다. 하지만 그러는 동안에도 토멕의 팔은 여전히 같은 방향을 향해 노를 젓고 있었다. 신이시여 도와주소서. 토멕이 낑낑 신음을 내며 신을 찾는 동안, 무지개는 지저분한 회색에서 죽은 흑색으로 변해갔다. 토멕이 상상했던 것보다 수백 배는 더 끔찍하고 무시무시한 광경이었다. 토멕이 저도 모르게 노 젓기를 멈추자 배는 얼마 동안 물결을 따라 제 맘대로 흔들거리며 흘러갔다. 바닷물이 점점 어두워지더니 마침내 흐르기를 멈췄다. 마치 오랫동안 버려진 호수 같았다. 토멕은 그 물에 손을 담가보았다. 얼음처럼 차가웠다. 이렇게 찬물에서라면 단 몇 초도 못 견딜 것 같았다. 희뿌연 안개가 스멀스멀 기어 올라왔다. 토멕은 정적 속에서 그저 기다리고 기다렸다. 토멕이 무지개를 향해 다시 노를 저으려는 순간, 어디선가 규칙적인 리듬을 타고 삐걱이는 소리가 들려왔다. 그 소리는 기름칠하지 않아 삐걱거리는 손수레 소리 같기도, 아니면… 아, 분명 아는 소리인데, 그게 뭔지 명확하게 떠오르지 않았다. 그때 머리 위로 무언가가 휭하고 크게 지나가는 것이 느껴졌다. 대번에 알아볼 수 있었다. 그건 그네였다.

엄청난 크기의 그네가 무지개에 매달려 있었다. 그넷줄이 쇠사슬이라 그리도 시끄럽게 삐걱댔던 것이다. 다른 소리는 아무것도 들리질 않았다. 그네의 움직임에 맞춰 규칙적으로 삐걱거리는 그네 소리만 짙은 안개를 뚫고 번져갈 뿐이었다. 세상의 모든 것이 그대로 멈춰버린 것만 같은 순간이었다. 혹시 심장까지 멈춘 게 아닐까, 하는 염려가 들 정도였다. 습습한 냉기가 물을 타고 올라와 온몸이 으슬으슬 떨렸다. 조금이라도 몸을 덥힐 수 있을까 하여 열심히 노를 저어봤지만, 배는 단 1센티미터도 꿈적 않고 제자리였다. 그 순간 토멕의 눈에 그네에 앉아 있는 무언가가 들어왔다. 세상에 저리도 섬뜩한 모습의 생명체는 이제껏 본 적이 없었다. 백 살하고도 쉰 살은 더 먹어 보이는 노파였다. 더는 마를 수 없을 정도로 뼈만 앙상한 몸에 힘없이 처진 희뿌연 살이 마치 누더기처럼 붙어있었다.

"어서 오너라, 소년."

노파는 광기 어린 눈으로 토멕을 뚫어져라 쳐다봤다. 그녀의 목소리는 그네처럼 끼걱거리고 있었다.

"그래, 내 수수께끼에 답을 하러 온 게냐?"

수수께끼? 이건 또 무슨 소리지? 토멕은 궁금했지만 목소리가 입 밖으로 나오질 않았다. 노파는 뼈만 남은 다리를 앞으로 쭉 뻗어 움직이는 그네에 속력을 가했다. 발에 신은 흰 양말과 소녀용 신발 말고는 실오라기 하나 걸치지 않은 모습이었다. 살이라고는 찾아볼 수 없이 깡마르고 기다란 손가락은 그네의 쇠줄을 꼭 쥐고 있었고, 검게 변한 흉측한 긴 손톱은 한 바퀴를 감아 돌아 그녀의 손목에 박혀 반대편으로 튀어나와 있었다. 노파는 웃으며 그네를 타고 있었지만, 그녀의 날카로운 눈초리는 한시도 토멕에게서 떠나지 않고 있었다.

"다른 사람에게 냈던 것처럼 네게도 수수께끼를 내도록 하지. 너 역시 대답을 못 하겠지만 말이야. 토멕, 잘 들어라. 난 네 이름도 알고 있어. 넌 다른 이들의 시체 위로 너의 허옇게 뜬 배를 보태게 될 거다. 이 깊고 깊고 깊고 깊은 바닷속으로 말이지. 잘 생각하도록 해, 토멕. 바닷물은 어둡고 얼음처럼 차다. 그 깊은 물 속으로 네 몸이 천천히 천천히 천천히 천천히 떨어지는 거지. 토멕, 나의 귀염둥이 토멕, 내 귀여운 도마뱀 토멕…….”

“닥쳐!”

토멕이 소리쳤다.

“네가 뭔데 날 그렇게 부르는 거야? 닥치라고!”

저 요괴 할멈, 어떻게 어린 시절에 엄마가 날 부르던 별명을 알고 있는 거지? 나의 귀염둥이, 내 귀여운 도마뱀… 나조차 잊고 있던 이름인데. 그 이름이 요괴 할멈의 입에서 흘러나오는 순간, 너무도 확연히 떠오르는 옛 기억에 토멕은 그만 참을 수가 없었다.

“엄마, 구해줘요!”

토멕이 외쳤다.

절망적으로 소리치는 토멕의 모습에 요괴 할멈은 깔깔 웃어댔다. 토멕은 계속 외쳤다.

“닥쳐, 닥치라고! 그만두지 못해!”

잠시 주위가 고요해지더니, 처음처럼 삐걱거리는 그네 소리만 규칙적인 리듬을 타고 들려왔다. 노파는 장난을 끝낼 마음이 전혀 없어 보였다.

“만일, 내가 맞힌다면?”

토멕이 물었다.

그 순간 허공으로 올라갔던 그네가 단번에 멈춰 섰다. 말도 안 되지만 그네는 공중에서 사선으로 멈춰 서서 미동도 없었다. 노파가 속삭이듯 말했다.

"내 귀여운 도마뱀, 네가 맞힌다면 말이냐? 그렇담 네가 답을 맞히는 첫 번째 사람이 되는 거지. 그리고 모두 이 바다를 마음대로 건너다닐 수 있게 되겠지. 난 영원히 사라질 테고……. 자 이게 네게 답을 맞히면 일어날 일들이다. 하지만 나의 귀염둥이, 내 귀여운 도마뱀아, 넌 맞히지 못할 거야."

"자, 그럼 내봐."

두려움과 추위로 벌벌 떨면서 토멕이 말했다.

"얼른 문제를 내보라고!"

노파는 온몸을 힘껏 굴려 공중에 멈춰 있던 그네를 다시 움직이기 시작했다. 열 번인가 끼걱끼걱 왔다 갔다를 반복하더니, 갑자기 그네를 멈춰 세우고는 거친 금속성의 목소리로 수수께끼를 냈다.

"우린 자매다. 나비 날개처럼 부서질 듯 여리지만, 그래도 우리는 세상을 사라지게 할 수 있지. 우리가 누굴까?"

길고도 긴 정적이 흘렀다. 노파는 공중에 그네를 멈춰 세운 채로 있었다.

"왜 그래, 문제를 다시 내줄까? 나의 귀여운 도마뱀?"

"아니, 필요 없어."

토멕이 냉정하게 거절했다. 이미 문제는 잘 알아들은 터였다.

"자, 그럼 앞으로 내가 그네를 50번 왔다 갔다 할 동안 답을 맞히도록."

그 말이 끝나기 무섭게 노파는 다리를 내저었고 그네는 다시 삐걱거리며 움직이기 시작했다.

"자매이고… 나비 날개처럼 부서질 듯 여리고……."

토멕은 계속해 중얼거렸으나 답이 떠오르지 않았다.

생각들이 맥락 없이 이리저리 흐르기만 했다.

"내가 노래를 좀 부르면 방해가 되려나?"

요괴 할멈이 비꼬듯 놀리더니, 토멕의 대답을 듣기도 전에 어린아이 노래 같은 노래를 흥얼거리기 시작했다.

노래의 어느 소절이 토멕을 두렵게 만들지, 어느 소절이 토멕을 웃게 만들지 요괴 할멈은 알고 있는 듯했다. 토멕에 대한 모든 것을 다 알고 있었다.

"자매이면서… 나비의 날개처럼 부서질 듯 여리고……."

토멕은 계속 반복해 중얼거렸다. 그러나 답이 나오기는커녕 절망감만이 그를 엄습해왔다.

"스물둘, 스물셋……."

요괴 할멈은 멈추지 않고 그네를 지쳤다.

그때였다. 발아래 배가 조금씩 흔들리더니 물속으로 가라앉기 시작했다. 토멕은 갑자기 밀려드는 분노를 참지 못해 노를 들어 요괴의 얼굴에 던져버리려 했다. 하지만 노는 배에 딱 들러붙어 도무지 들어 올릴 수가 없었다. 온 힘을 실어 떼어내려 해본들 소용이 없었다.

"오호, 나의 귀여운 도마뱀이 화가 나셨나 봐?"

요괴 할멈이 얼굴을 찌푸렸다.

얼음같이 차디찬 흑색 물이 배에 차오르기 시작했다. 토멕은 얼른 두 손을 모아 물을 퍼내려고 했으나 역부족이었다.

"사십팔이다, 귀여운 나의 도마뱀아, 이제 사십팔 하고 반……."

토멕은 이제 정말 끝이구나 싶었다. 다른 사람들처럼 그렇게 물에 빠져 죽는 거구나, 그렇게 되고 마는구나. 하지만 토멕은 절대 살려달라고 소리치지 않았다. 이 끔찍한 괴물에게 빌고 싶은 마음 같은 건 눈곱만큼도 없었다. 차마 더 이상 눈 뜨고 지켜볼 엄두가 나질 않아, 토멕은 모든 것을 사라지게 하기 위해 눈을 감았다. 사라지게 하기 위해… 사라지게 한다고? 어찌나 벌떡 일어섰던지 그 바람에 토멕은 물에 빠질 뻔했다. 답을 찾아냈다. 드디어 답이 떠올랐다. 그래, 바로 그거야! 토멕은 다시 눈꺼풀을 가만히 내리 닫았다. 눈꺼풀, 눈꺼풀이 두 개이니 자매인 거지! 그리고 나비 날개처럼 여리디여리고… 세상을 사라지게 할 수 있는 거지!

바닷물은 어느새 토멕은 가슴팍까지 차올랐다. 토멕은 남은 힘을 다 토해 크게 소리 질렀다.

"그건 눈꺼풀이야, 눈꺼풀!"

토멕의 답에 온몸이 굳어버리기라도 한 건지, 온갖 욕지거리를 퍼부으며 고래고래 소리를 지를 것 같던 요괴 할멈은 도리어 잠잠했다. 순간 섬뜩했던 요괴의 얼굴이 서서히 쭈그러들며 눈이 천천히 감기더니 이내 모든 게 스르륵 사라져버렸다. 그네 위에는 어느새 하늘하늘한 드레스를 걸친 가녀린 소녀가 앉아 있었다.

"안녕 사촌 언니, 안녕 사촌 오빠……."

소녀는 노래를 불러가며 그네를 지치고 있었다.

바닷물은 다시 푸른빛으로 변하여 토멕의 배 주위에서 찰랑거렸고, 무지개의 검은빛도 점점 옅어져 다시금 제 색을 되찾았다. 그러는 사이 소녀는 하늘에 닿을 듯 그네를 타고 발을 쭉 뻗어 높이 올라가더니, 환한 웃음을 주위에 흩뿌리며 그네에서 훌쩍 가뿐하게 뛰어내려 한 마리 새처럼 저 멀리 날아가 버렸다.

토멕은 다시 노를 잡고 물속에 담갔다. 물론 이번에는 아무 저항도 없었다. 토멕은 미친 듯이 노를 젓기 시작했다.

"해냈다, 해냈어!"

토멕은 가슴이 터져라 소리를 질렀다.

토멕의 눈앞에 다시금 색의 향연이 펼쳐졌다. 한없이 쏟아져 내리는 무지갯빛 속으로 천 개의 하프 소리가 영롱하게 울려 퍼졌다. 저 멀리, 작디작은 존재하지 않는 섬에는 이제야 겨우 아침이 시작되고 있었다.

제15장 절벽

무지개를 건너는 데에 성공한 토멕의 이야기는 그 자체만으로, '존재하지 않는 섬'에 엄청난 놀라움과 흥분을 불러일으켰다. 여태껏 섬 주민들은 자유의 한구석을 박탈당해왔기에, 스스로 자제하며 조심스러운 삶을 살 수밖에 없었다. 하지만 이제는 달랐다. 그들에게 주어진, 기적처럼 그들에게 돌아온 자유 앞에서 그들은 너나 할 것 없이 비밀로 숨겨두었으나 내내 간직해 온 속내를 털어놓기 시작했다. 누구는 여기서 살아오는 동안 단 한 번도 떠나겠다는 생각을 떨쳐본 적이 없다고 했고, 누구는 밤마다 떠나는 꿈으로 뒤척인다고 했고, 또 누구는 죽기 전에 이곳을 떠날 수만 있다면 더는 바랄 것이 없다고 했다. 이런 돌연한 변화를 맞닥뜨린 토멕은 이틀 내내 너무도 혼란스러웠다. 요괴 할멈의 수수께끼는 금세 입에서 입으로 전해졌고, 아이들은 그 정도면 자기도 맞힐 수 있겠다며 떠벌렸다. 하지만 어른들은 이제껏 그 누구도 답을 못 맞혔던 이유는 두려움에 온몸이 마비되어 생각하는 것조차 불가능했기 때문이었음을, 그랬기에 그 두려움을 뛰어넘은 토멕과 같은 용기가 필요했던 것임을 너무도 잘 알고 있었다.

닷새 뒤, 용맹호는 선장 바스티발라곰의 지휘 아래 열네 명의 선원을 태우고 존재하지 않는 섬을 떠나 다시 바다로 향했다. 물론 토멕도 용맹호에 타고 있었으며, 더 이상은 기다릴 수 없다며 안달이 난, 섬의 두 젊은이도 함께였다. 아직 나머지 배들은 항해를 나설 상태가 못 되었던지라, 용맹호가 일을 마치고 돌아오는 길에 다시 섬에 들르면 그때 다 같이 향수 마을로 가기로 결정했다. 그러니 섬 주민들에게는 출발까지 아직 두 달여의 넉넉한 시간이 남아 있었다.

용맹호는 무사히 바다를 가로질러 갔다. 잔잔한 바람 덕이기도 했겠지만, 그보다는 용맹호에 넘쳐흐르는 들뜨고 즐거운 분위기가 순항에 더 큰 영향을 미친 게 아닐까 싶었다. 2주째에는 폭풍우를 만나긴 했으나, 모든 역경을 헤쳐 온 바닷사람 바스티발라곰이 있어 별 탈 없이 넘길 수 있었다. 그로부터 며칠 뒤에는 해적선과 마주쳤는데, 해적 놈들에게 본때를 보여주자며 당장 쳐부수고 싶어 안달이 난 선원들을 진정시키느라 바스티발라곰이 진땀을 빼야 했다. 힘든 시간을 함께 겪고

이겨내는 동안, 서로 더없이 단단하게 결속된 선원들은 이제 세상에 무섭고 두려울 게 없었다.

"여러분, 제발 진정하시오."

바스티발라곰이 선원들을 꾸짖었다.

"우린 싸우러 나온 해군이 아닙니다. 우린 향수를 팔러 가는 길임을 잊지 말기 바랍니다!"

그제야 배는 제 방향으로 키를 돌릴 수 있었다.

육지에 가까워질수록 몇 달 동안 잊고 있던 걱정거리가 토멕의 머릿속에 떠올랐다. 이제 곧 이 향수 마을 친구들과 헤어져 또 혼자가 되겠구나. 이런 생각이 가슴을 짓눌러 숨이 막혀 올 때마다 토멕은 페피곰이 선물한 향수를 꺼냈다. 그 향기를 맡으면 자신 옆에 와 앉아 있는 한나를 느낄 수 있었다. 아, 한나는 지금 어디에 있을까? 그녀를 다시 만날 수는 있을까? 토멕은 어서 항해가 끝나기를 초조하게 기다렸다.

그러던 어느 아침이었다. "육지다!" 망을 보던 선원이 외쳤다. 바다에 질릴 때로 질렸던 선원들은 그 소리를 듣자마자 "만세!"를 불렀다. 토멕은 향수 상자와 먹을거리 짐을 내리는 것을 도왔다. 선원 셋만 배에 남고 선장과 다른 모든 선원은 마을이 있는 동쪽으로 향했고, 토멕은 혼자 서쪽으로 향했다. 바스티발라곰 말에 따르면 서쪽에는 사람이 살지 않지만 크자르강이 그쪽에 있다고 했다. 강은 여기서 얼마나 멀까? 며칠이나 걸으면 도착하게 될까? 몇 주일이 넘게 걸리려나? 알 수 없었다. 그저 키 작은 향수 마을 사람들이 장사를 마치고서 이곳을 떠나기 전에 크자르강에서 돌아올 수 있기만 바랄 뿐이었다.

"한 달 뒤에 우리는 다시 섬으로 돌아가야만 해, 토멕."

바스티발라곰이 말했다.

"그때까지 네가 오지 않는다면 하루 정도는 더 기다릴 수 있을 거다. 하지만 더는 힘들 거야."

"네, 네. 이해해요."

토멕이 대답했다.

이제 남은 것은 앞날을 기약할 수 없는 이별이었다. 선원들은 토멕에게 나흘은 너끈히 견딜 먹을거리를 챙겨 주었다. 그러고는 한 사람 한 사람 토멕을 안고 작별 인사를 나눴다. 바스티발라곰은 제일 마지막에 섰다가 가장 오래도록 토멕을 껴안아 주었다.

"행운을 빈다, 내 아들."

바스티발라곰이 마지막 인사를 건네며 토멕의 등을 밀어 길로 나서게 했다. 서쪽으로 뻗은 길이었다. 토멕은 처음 몇 분 동안, 슬픔으로 무거워진 발걸음을 터벅터벅 옮겼다. 그러다가 문득 뒤를 돌아보았다. 선원들 모두가 그 자리에 꼼짝하지 않고 서서 토멕이 벌어져 가는 모습을 지켜보고 있었다. 손을 높이 들어 마지막 인사를 보내는 그들에게 토멕도 크게 손을 흔들었다.

"곧, 또 봬요!"

할 수 있는 힘껏 소리쳤으나 맞바람이 토멕의 인사를 집어삼켜 버렸다.

길의 경사가 점점 심해지더니 결국 아찔한 절벽이 되었다. 절벽에서 내려다보이는 풍경은 정말 장관이었다. 오른편으로는 너른 바다가 푸른색보다 더 푸른 초록으로 빛나고 있었고, 왼편으로는 드문드문 키 작은 관목과 바위가 들어선 광야가 펼쳐져 있었다. 토멕은 목을 축이거나 배를 채울 때가 아니면 걸음을 멈추지 않았다. 그렇게 한나절을 내내 쉬지 않고 가뿐하게 걸었다. 곧 저녁이 되었고, 토멕은 커다란 바위 아래 자리 잡고 담요 속으로 기어들어가 몸을 웅크리고 잠이 들었다. 곁으로 펼쳐진 바다에는 석양이 붉게 내리고 있었다. 다음 날도, 그다음 날도 마주치는 풍경은 무척이나 흡사했다. 사흘이 흘렀는지, 나흘이 흘렀는지 정확히 알 수가 없었다. 날짜를 헤아려보려고도 했으나, 너무도 비슷하게 생긴 암벽과 끝도 없는 광야의 풍경 속에서 그 일이 쉽지만은 않았다. 바람 또한 그칠 줄 모르고 불었는데, 한번은 어찌나 심하던지 토멕은 길을 나서기는커녕 바위 뒤에 몸을 숨긴 채 몇 시간이고 바람이 멎기만을 기다려야 했다. 이 모든 상황 중에서도 가장 염려스러운 건 다름 아닌 식량이었다. 받아 온 먹을거리가 점점 바닥을 보이고 있었다. 그러던 어느 저녁, 토멕은 해안에서 멀지 않은 바다에 고래 떼가 유영하고 있는 모습과 마주쳤다. 여러 마리의 고래가 집채만 한 꼬리로 물을 튕기며 하늘로 솟았다가는 다시 푸른 바다로 뛰어들기를 반복하고 있었다. 토멕은 키 높게 자란 풀 쪽에 편안히 자리를 잡고 앉아, 마지막 남은 과자를 아껴 먹으며 고래가 노는 것을 한참 동안 바라보았다. 이제 물병의 물도 몇 모금 남지 않았다. 당장에 내일 어디라도 도착하지 못하면 정말 힘들어질 텐데… 걱정이었다.

다음 날 아침, 토멕은 아무것도 먹지 못하고 길을 나서야 했다. 한참을 가던 중에 다리가 갑자기 후들거렸다. 더는 걸을 수가 없어 바닥에 주저앉고 말았다. 아, 이제 어쩌지? 이렇게 계속 가다가는 쓰러지면 쓰러졌지, 몸이 나아지지는 않을 텐데. 도저히 안 되겠다 싶어 토멕은 애써 휴식을 취했다. 그렇게 몸을 좀 쉰 뒤에야 겨우 다시 일어나 걸었다. 얼마 지나지 않아 바람이 잦아들더니 하늘이 환하게 걷혔다. 토멕은 그제야 자신의 눈앞에 이제까지와는 전혀 다른 풍경이 펼쳐져 있음을 확인할 수 있었다.

이제껏 따라 걸어온 절벽은 연노랑 빛 모래사장에서 끝이 나고, 그 뒤로는 키 큰 나무들이 빼곡한 초록 숲을 이루며 까마득한 멀리까지 뻗어 있었다. 토멕은 휘청거리는 다리를 부여잡고 절벽에서 벗어나 숲을 향해 내려왔다. 내려와서 보니, 나무에는 이름 모를 열매가 주렁주렁 열려 있었다. 토멕은 우선 살구처럼 보이는 과일을 하나 땄는데, 크기도 엄청난 데다가 그 무게도 멜론보다 더했다. 거대한 살구의 반을 가르니 우유 같은 과즙이 흥건하게 흘러나왔다. 토멕은 먼저 과즙을 조심스레 맛본 뒤, 쉬지 않고 쭉 들이켰다. 과즙에서는 달콤한 엿기름 맛이 났다. 손톱 끝으로 과육을 살살 파내 먹는데, 그 맛 또한 환상적이었다. 토멕은 감초 맛이 나는 깍지콩도 따 먹고, 향신료 넣은 빵만큼이나 맛이 좋은 말랑한 파이 비슷한 열매도 먹었다. 뭐니 뭐니 해도, 그날의 가장 신나는 발견은 거무죽죽한 호두 모양의 과일이었는데, 부드럽고 따끈한 으깬 감자 같은 것이 속에 그득 차 있었다. 토멕은 바위 위에 걸터앉아 배를 든든히 채웠다. 그러다 목이 메면 가끔 살구즙도 넉넉히 곁들였다.

다시 일어나 길을 재촉하려는데, 개미 한 마리가 토멕의 손을 타고 기어 올라왔다. 떨쳐버리는 대신 토멕은 찬찬히 들여다보았다. 생긴 건 보통 개미와 별반 다를 게 없는데, 뒤로 기어가고 있었다. 뭐, 이 정도야 별거 아니지. 토멕은 대수롭지 않게 넘겨버리려 했지만, 한편으로는 마음이 불안했다. 듣도 보도 못한 신기한 동물이 그곳엔 가득하다던 이샴 할아버지의 말도 떠올랐다. 토멕은 손 위의 작은 벌레를 입으로 훅 불어 날려버리고는 다시 걸었다. 이샴 할아버지의 말이 맞았다. 그 후로도 몇 시간 동안 토멕이 마주친 것들은 상상하기 힘들 만큼 신기한 것투성이였다.

얼마나 희한한 동물들을 많이 만났던지, 하나하나 들자면 끝도 없을 것 같고… 그중 몇 가지만 얘기해 보자. 우선, 그러니까 뭐를 닮았다고 해야 하나… 아무튼 납작하게 찌부러진 모자처럼 바닥에 붙어 다니다시피 하는 어떤 짐승을 보았는데, 토멕 곁을 지나며 한참 동안 토멕을 애처로운 눈빛으로 쳐다보더니 꼬리로 구슬픈 소리를 냈다. 거대한 그림자를 땅에 드리우며 날아가는 엄청난 덩치의 새들도 보았는데, 날개가 없는 대신 큰 깃털이 달린 꼬리로 인어처럼 바람을 느릿느릿 가르며 앞으로 나아가는 모습은 마치 하늘에서 헤엄을 치는 것만 같았다. 그 새는 부리가 없는 데다가 꺾여 올라간 작은 코 덕분에 수염 난 토끼 같아 보였다. 그 밖에도 해괴한 동물들을 여럿 보았지만, 이게 최고다 싶은 건 아직 못 만난 것 같다고 생각하고 있넌 토멕 앞에 무언가가 나타났다. 휘청거리는 가느다란 나뭇가지 끝에 여유롭게 중심을 잡고서 앉아 있는 자그마한 설치류였다. 처음에는 그저 보통 다람쥐려니 했는데, 눈여겨보니 이건 정말이지 믿을 수가 없었다. 글쎄, 다람쥐와 나뭇가지가 한 몸인 게 아닌가. 가지에 과일이 열리듯 살아 있는 동물이 열매로 열려 있었다. 열 마리도 넘는 다람쥐가 나무 한 그루에 여기저기 매달려 있었다. 처음에 나무를 봤을 때는 다람쥐들이 둥글게 몸을 웅크리고 자고 있었기에 토멕은 그저 신기한 과일이 열린 것으로만 생각했었다. 그런데 이제 그 다람쥐가 다들 잠에서 깨어나 휘청이는 나뭇가지 끝에서 우아한 공중 발레를 보여주듯 중심을 잡고 있다. 도대체 이 다람쥐는 뭘 먹고 사는 거지? 토멕은 궁금했지만 그런 걸 생각할 여유가 없었다. 그보다는 멀리서 아련하게 들려오는 소리에 귀를 기울였다.

흐르는 물소리 같았다. 토멕은 걸음을 재촉했다. 심장이 쿵쾅거렸다. 드디어 다 온 건가? 끝도 없는 고생과 희망 끝에 결국 도착한 건가? 숲속은 환하게 밝아졌고 토멕은 온 힘을 다해 달려 가장 높은 나무를 타고 재빨리 기어 올라갔다. 눈앞에 펼쳐진 광경에 토멕은 숨이 막혀 더 이상 움직일 수가 없었다. 아무 말도 나오질 않았다.

토멕의 눈 아래로, 유유히 흐르는 긴 강줄기가 모습을 드러냈다. 저 멀리 오른편으로는 강이 시작된 너른 바다가, 왼편으로는 강이 흘러 들어가는 첫 번째 언덕이 지평선을 배경으로 침묵 속에 자리하고 있었다.

"크자르강이다."

토멕은 감정에 북받쳐 중얼거렸다.

"크자르강이야… 드디어… 드디어 찾아낸 거야."

제16장 강

날이 어두워지기 전까지 남은 시간 모두를 뗏목 만드는 일에 열중했다. 필요한 것은 주위에서 쉽게 찾을 수 있었다. 굵직한 나무와 그것을 엮을 칡덩굴 그리고 그 덩굴을 끊을 날카로운 돌까지. 신나게 덤벼들어 만들다 보니 몇 시간 되지 않아 뗏목이 완성되었다. 힘든 줄도 몰랐다. 뗏목에 적당한 나무를 찾으러 나섰을 때, 가지 끝에 달린 열매 다람쥐와 눈이 마주쳐 흠칫 놀라기도 했다. 토멕이 먼저 사과하자, 그 다람쥐 닮은 작은 동물은 '뭐 하는 짓이지?'라고 말하듯 고개를 절레절레 저었다. 그 모습이 어찌나 황당하고 우습던지 토멕은 피식 웃고 말았다. 뗏목을 만들다가 가끔 허리를 펴고 잠시 쉴 때면, 토멕은 강으로 가서 손을 담그고 손가락 사이로 스쳐 지나가는 강물을 느끼곤 했다. 마셔보려고도 했으나 그러기에는 강물에 아직 짠 기운이 남아 있었다. 조금 더 올라가면 짠

기가 덜해지겠지 싶었다. 그새 밤이 내려 아무래도 오늘 떠나기는 힘들어지자, 토멕은 울창한 나무 아래 자리를 잡고 담요를 돌돌 말고 누웠다. 절벽에 파도가 부딪혀 부서져 내리는 소리가 아련하니 참 듣기 좋았다. 그 소리를 자장가 삼아 잠이 들려는 순간, 어디선가 깊은 한숨 소리가 들려왔다. 토멕은 얼른 눈을 떴다. 토멕 주위를 둘러싼 나무들이 천천히 가지를 늘어뜨리고 있었다. 축 늘어져 땅에 닿을 정도였다. 아, 이게 바로 그 한숨을 쉬는 나무구나……. 토멕은 미소를 지으며 이샴 할아버지가 들려주었던 이야기를 떠올렸다. 토멕이 자려고 누운 그 나무는 한숨을 쉬지는 않았지만, 대신 토멕 머리 위에서 서로 몸을 기댄 채 곤히 잠들어 있는 두 마리 열매다람쥐의 눈꺼풀이 닫혔다가 들렸다가 닫혔다 다시 닫히기를 반복하고 있었다.

"잘 자라!"

잠든 다람쥐에게 속삭여 인사하고는 토멕 역시 꿈나라로 미끄러지듯 빨려 들어갔다.

햇살에 눈이 부셔서 잠에서 깨고 보니, 어젯밤 한숨을 내쉬던 나무들이 다시 가지를 끌어올려 할 수 있는 한 크게 기지개를 켜고 있었다. 바라보는 것만으로도 기분 좋은 광경이었다. 머리 위 두 마리의 열매 다람쥐도 전염이 되었는지 힘껏 기지개를 켜고 있었다. 토멕은 여러 과일과 살구즙으로 아침 식사를 마친 뒤, 어제 만든 뗏목을 시험해 보았다. 으깬 감자가 그득 든 커다란 호두를 10개나 실어도 뗏목은 끄떡없었다. 비상식량으로 이 정도면 되겠지 싶어 호두를 다시 단단히 확인해 싣고, 목이 마를 걸 대비해 거대 살구도 몇 개 챙겼다. 마지막으로, 나무껍질 부분을 이용해 짧고 넓적한, 꽤 귀여운 노를 하나 만든 뒤, 곧바로 뗏목에 몸을 실었다. 노로 힘껏 강둑을 밀자 뗏목은 제자리에서 두 바퀴를 맴맴 돌더니 강물 안쪽으로 중심을 잡고 나아가 곧 안정적인 흐름을 찾았다. 뗏목은 그렇게 강을 타고 천천히 흘러갔다.

이렇게 평화스러울 수가 없었다. 아무런 걱정도, 잡념도 없었다. 만약 낙원이 존재한다면 틀림없이 이곳을 닮았을 거란 생각이 들었다. 뗏목에 실은 과일을 쪼아 먹으려는 갖가지 빛깔의 작은 앵무새들이 겁도 없이 뗏목 끝에 와 앉았다. 몇 번 쫓아보려 했으나, 날아갔다가는 곧 다시 돌아오는 새들을 토멕은 결국 그냥 내버려 두었다.

종일 해우海牛(바다소라 불리는 바다에 사는 초식성 포유동물이다. 매너티와 듀공이 이에 속한다. 살이 많고 고래와 비슷하며 몸 빛깔은 암회색 또는 자회색으로, 몸길이 3~6m에 몸무게가 300~400kg에 달할 정도로 덩치가 크다 —옮긴이주) 떼가 토멕의 뗏목을 뒤따라왔는데, 그 눈이 어찌나 똘망똘망하던지 말을 붙이고 싶을 정도였다. 지금 이곳의 거대한 적막을 해치는 것은 아무것도 없는 듯, 낮 시간은 늘 그렇게 고요히 흘러갔다. 저녁이 되면 토멕은 강가에 뗏목을 대고 눈을 붙였으며 새벽이 오면 다시 평화로운 여정을 나섰다.

아침나절이 끝나갈 무렵, 저 멀리 앞쪽으로 강물을 막고 서 있는, 반짝거리는 벽이 나타났다. 한참을 더 다가가서야 그것이 폭포라는 것을 알았다. 그런데 이 폭포는 위에서 '떨어지고' 있지 않았다. 그 반대였다. 폭포는 거품 하나 일으키지 않고 평온하고 차분하게 거꾸로 올라가고 있었다. 세상에 이런 일이! 성난 듯 시끄럽게 떨어져 와글와글 거품을 일으키는 보통 폭포와 어쩜 이렇게 다를까! 유연하고도 조용한 동물, 검은 표범 같은 동물을 연상시켰다. 토멕은 그 물살에 업혀 폭포를 거슬러 올라가 보려고 온 힘을 다해 노를 저어봤지만 소용없었다. 오히려 그 물에 부딪혀 튕겨 나올 뿐이었다. 그래도 잠시나마 뗏목 앞부분이 물에 들려 수직으로 올라갈 때면, 중력에서 벗어나 공중에 떠 있는 듯한 묘한 쾌감을 느낄 수 있었다. 하지만 그 쾌감은 정말 잠시였고, 뒤집히며 떨어져 버린 담요와 호두를 챙기는 게 더 일이었다. 물에 빠진 토멕은 강둑의 납작한 바위로 헤엄쳐 간 뒤, 햇살에 따뜻하게 데워진 바위 위에 젖은 옷을 널어 말렸다. 옷이 마르기를 기다리는 동안에는 투명하게 일렁이는 물로 다시 뛰어들어 거꾸로 오르는 폭포까지 헤엄쳐 간 뒤, 물살에 몸을 실어 몇 미터 저절로 딸려 올라가게 두었다가 툭 하고 떨어지는 놀이를 하며 마음껏 웃고 마음껏 소리치며 놀았다. 너무도 매력적인 놀이였고 더없이 매혹적인 순간이었다. 토멕의 벗은 몸이 떨어지며 내는 요란한 소리는 고요하기 그지없었던 이 강물 물고기들의 정신을 쏙 빼놓을 정도였다. 이곳의 풍경은 천만년 전에도 지금과 똑같았겠지. 과연 몇 명이나 되는 사람이 이 물에 몸을 담그고 헤엄을 쳤을까? 뭔지는 모르겠지만, 이곳에는 무언가가 있다. 무언가 영원한 것이 흐르고 있다. 피로와 행복에 겨운 토멕은 바위 위로 몸을 길게 뉘었다. 따스한 햇살이 그의 몸을 간질였다.

한낮이 지나자 옷이 다 말랐다. 이제 다시 떠나야지 하고 있는데, 저 멀리 나무에 가려 강 끝자락이 더 이상 보이지 않는 그쯤에서 짙은 빛깔의 무언가가 흔들흔들 움직이며 다가오는 것이 눈에 들어왔다. 좀 더 지켜보던 토멕은 작은 배가 자신 쪽으로 오고 있음을 확신했다. 토멕의 뗏목과 비슷한 뗏목 같았다. 뗏목에는 사람들이 앉아 있었다. 살아 있는 사람을 마지막으로 본 게 벌써 닷새 전이었다. 물론 키 작은 향수 마을 사람들이었다. 토멕의 심장이 쿵쾅대기 시작했다. 저 사람들은 누구지? 좋은 사람일까? 아니면 피해야 하나? 토멕은 주머니에서 곰잡이용 칼을 꺼내 얼른 날을 세웠다.

뗏목이 가까워질수록 토멕은 점점 흥분되었다. 두려움 때문이 아니었다. 아직은 얼굴이 잘 보이지 않아 확신하긴 어렵지만, 그건 한나의 모습이었다. 가녀린 실루엣을 보면 한나가 틀림없었다. 그런데 한나 뒤로 반쯤 가려진 저 사람은 누구지? 저 엄청난 덩치의 사람은 누군 거지? 혼자가 아닌 한나와 만나게 되리라고는 단 한 번도 생각해 본 적이 없었는데… 그렇게나 기다려 온 이 재회의 순간에 한나가 다른 이와 같이 있다니……. 뗏목이 점점 토멕에게 가까워지자 뗏목 위의 한나 역시 얼음처럼 굳어버렸다. 그녀도 토멕을 알아보긴 했으나, 아직은 확신이 안 서는 것 같았다. 마침내 토멕임을 확인하는 순간, 한나는 기쁨에 겨워 춤을 추듯 깡총거리며 머리 위로 손을 높이 들어 크게 흔들며 소리쳤다.

"잡화상 군! 나야, 나 여기 있어!"

"한나! 나야, 나!"

토멕도 소리쳤다. 얼른 덧붙였다.

"거기 조심해! 노가 있으면 얼른 저어서 이쪽으로 와!"

토멕은 한나와 그녀의 동행이 자기가 그랬던 것처럼 물로 고꾸라지기를 바라지 않았다. 하지만 한나는 겁을 내기는커녕,

거꾸로 오르는 폭포에 뗏목이 닿기 전에 강물로 몸을 던졌다. 물고기처럼 자유자재로 물속을 헤엄쳐 토멕 쪽으로 오더니, 물 밖으로 나오자마자 대번에 달려들어 토멕을 꼭 껴안았다.

"근데 너 이름이 뭐야?"

"토멕……."

너무도 자연스러운 한나의 행동에 토멕이 얼이 빠져 대답했다.

"토멕? 다행이다. 예쁜 이름이네. 어쨌든 포드콜보다 백배 낫네, 백배 나아."

한나가 깔깔 웃음을 터뜨리며 돌아본 곳에는, 두려움에 온몸을 웅크린 채 뗏목 끝에 서서 뛰어내리지 못하고 주저하고 있는 한나의 동행이 있었다.

"포드콜! 무서워할 것 없어! 얼른 뛰어내려 헤엄쳐서 이리로 와!"

한나가 소리쳤다. 그러고는 토멕에게 속삭였다.

"사실 겁이 좀 많아. 털이 젖는 걸 죽어라 싫어하기도 하고……."

토멕은 그제야 포드콜이 사람이 아니라 동물이란 걸 깨달았다. 그런데 어떤 동물이라고 해야 할지, 설명하기가 좀 난감했다.

"저게, 저게… 그러니까 곰인가?"

토멕이 확신 없는 목소리로 말했다.

"아니, 오히려 판다에 가까운 것 같아. 날카로운 발톱도, 송곳니도 없고, 게다가 나뭇잎만 먹더라고."

한나가 대답했다.

그 사이 포드콜은 물속에서 허푸허푸 허우적대며 두 사람이 서 있는 바위까지 겨우겨우 헤엄쳐 오고 있었다. 온몸이 흠뻑 젖어 덩치의 반이 순식간에 사라진 모습으로 물에서 빠져나오는 포드콜을 바라보며 한나는 한참 동안 재밌어했다.

"포드콜, 제발. 저쪽 멀리 가서 물을 털어주렴, 부탁해!"

한나가 잔소리하려는데 포드콜은 이미 물을 털기 시작했다. 그 덕에 토멕은 그 물을 흠뻑 뒤집어쓰고 말았다.

"으… 버릇없기는!"

한나가 나무랐다.

"영리하다고 모두가 자기를 용서해줄 거라 믿는다니까. 그래서 저렇게 제 마음대로지. 자, 포드콜, 어디 인사 한번 해 보지 그래!"

사람처럼 두 발로 선 포드콜은 처량한 눈동자로 토멕을 쳐다보더니 마침내 토멕에게 손을 내밀었다. 한나의 말이 맞았다. 영리한 동물이었다. 토멕의 눈길이 판다에서 한나로 옮겨갔다가, 다시 한나에서 판다로 돌아왔다. 막대사탕 소녀를 재회하는 온갖 시나리오를 떠올려봤지만, 자신에게 손을 내민 판다의 슬픈 눈빛 아래의 재회는 정말이지 의외였다. 인생이란 건, 생각보다 재미있는 구석이 있는 걸, 생각하며 토멕은 포드콜이 건넨 손을 잡았다.

토멕과 한나는 나누고 싶은 얘기가 너무 많아서 어디부터 시작해야 좋을지 몰랐다. 이제껏 쟁여놓기만 한 끝도 없는 질문들이 한꺼번에 쏟아져 그 모든 질문에 하나하나 대답하기란 쉽지 않았다.

"네가 망각의 숲에 있을 때 말이지……."

토멕이 먼저 시작했다.

"무슨 숲이라고?"

한나가 물었다.

토멕은 한나에게 설명해주었다. 이럴 수가, 그녀는 그 숲이 어떤 숲인지도 모르고 그 숲을 건넜던 것이다! 대신 토멕과 마리를 얼어붙게 했던 그 비명의 주인은 역시나 한나가 맞았다.

"그때, 난 나무 위에 숨어 공포에 질려 있었어. 내 발 바로 아래 있던 멍청한 곰은 자그마한 소리라도 나기만을 기다리고 있었지. 그 즉시 잡아먹으려고 말이야. 그때 난 생각했어. 어쭈, 네가 소리를 기다린다 이거지? 어디 맛 좀 봐라, 내 진짜 소리가 뭔지 들려주지! 그러고는 곰의 귀로 몸을 날린 거야. 곰에게 딱 들러붙어서 곰의 귀에다 대고 젖 먹던 힘까지 다해서 소리를 질렀지. 내가 한소리 지르거든. 한번 들어볼래?"

"아니, 괜찮아."

"아무튼 그랬더니 곰이 미쳐 날뛰더군. 아무래도 내가 고막을 터뜨려버린 것 같아. 그 길로 나는 얼른 곰에게 떨어져 나와 앞만 보고 달렸지. 그런데 다행히도 그게 맞는 방향이었던 거야. 참, 혹시 페피곰 알아?"

"응? 응. 친절한 사람이지. 너랑도 친했니?"

어서 빨리 하나라도 더 서로의 모험담을 들려주고 싶은 두 사람은, 이 이야기에서 저 이야기로 건너뛰면서 온갖 이야기를 두서없이 주고받았다. 키 작은 향수 마을 사람들에 대해서도, 꽃 들판과 꽃잎 너울거리던 커다란 푸른 꽃에 대해서도, 또 열매 다람쥐가 있는 숲에 대해서도.

"바로 그 숲이었어. 거기서 포드콜을 만났지."

한나가 얘기를 시작했다.

"난 나무 아래서 잠을 자고 있었어. 보통 새벽 무렵이면 쌀쌀한 기운이 온몸을 타고 드는데, 이상하게도 따뜻한 거야. 아무리 양털 담요를 덮었다고 해도 너무 따뜻한 거야. 그러면서 얼굴에서 몇 센티미터 떨어지지 않은 데서 코 고는 소리가 들려오더라고. 결국 눈을 떠보니 포드콜이 거기 있더라고. 밤에는 진짜 도움이 된다니까. 그렇게 편안할 수가 없어. 베개처럼 베고 잘 수도 있고, 이불처럼 덮을 수도 있고, 때로는 난로 같기도 하고. 게다가 워낙 과묵하니 그 옆에선 몇 초 안으로 금세 잠들 수 있다니까."

한나는 절벽에 대해서는 알지 못했다. 완전히 다른 길로, 그것도 더 멀리 돌아 이곳까지 온 것이다. 존재하지 않는 섬에 대해서도 알지 못했는데, 그건 다른 지점에서 다른 배로 바다를 건넜기 때문이었다. 토멕은 자신의 여행담을 들려주면서 한나에게 요괴 할멈이 냈던 수수께끼를 그대로 내보았다. 한나는 조금도 지체 없이 대번에 정답을 말했다. 자신의 그런 행동이 토멕의 기분을 상하게 했을 수도 있겠다 싶었는지, 한나는 곧바로 토멕에게 사과의 말을 건넸다. 수많은 얘기를 풀어놓다 지쳐버린 두 사람 곁으로는 젖었던 옷가지와 물건들이 뽀송뽀송하게 말라가고 있었다. 그렇게 또 하루의 오후가 끝을 향해 달리고 있었다. 낮잠에서 깨어난 포드콜은 쓰다듬어 달라 조르며 한나에게 들러붙었다.

"봤지? 이렇게 애교 많은 놈도 없다니까!"

토멕은, 이럴 때는 판다가 부럽다는 생각이 들었다.

폭포를 따라 난 바위를 타고 오르는 일은 식은 죽 먹기였다. 정상에 오르니 거기에는 또다시 놀라운 광경이 기다리고 있었다. 식물은 이제 드문드문 보일 정도로 줄었고, 큰 개울 정도로 폭이 좁아진 강물은 몇백 미터 앞쪽에서 크게 굽어져 흐르고 있었다. 두 사람은 강줄기가 굽어진 곳까지 따라 걸어가 보았다. 바로 그때였다. 그토록 오랫동안 기다려왔던 풍경이 눈앞에 펼쳐졌다. 성스러운 산이었다. 깎아지를 듯한 산자락이 두 사람 앞에 우뚝 모습을 드러냈다. 마지막 남은 오후의 빛줄기가 산 정상으로 똑바로 떨어져 내렸다. 마치 산이 하늘에 가닿을 듯한 풍경이었다.

"너무 아름답다! 마치 거대한 성당을 보는 느낌이야!"

한나가 중얼거렸다.

"정말 그러네. 한나, 저 산은 성스러운 산이라고 해. 강물이 바로 저곳에서 멈춘다고 했어."

"자, 그럼 우리 가볼까?"

한나가 기운찬 목소리로 말했다.

"그래, 가보자고!"

토멕도 힘차게 대답했다.

포드콜의 숨소리가 점점 거칠어졌다. 걷는 데에는 그리 강하지 않았다. 셋은 할 수 있는 한 오래, 강을 따라 걸었다. 길은 점점 가팔라졌다. 두 사람은 너무 어두워지기 전에 큰 바위 뒤편에 잠자리를 마련했고, 한나가 가지고 있던 성냥으로 모닥불을 지폈다. 토멕이 가져온 큰 호두 하나씩으로 식사를 마친 뒤, 모두 꼭 붙어 누워 잠을 청했다. 잠에 곯아떨어지기 전, 토멕은 이샤 할아버지의 말을 떠올렸다. "돌아온 사람은 아무도 없었단다. 그건 내 손등에서 밀이 자라나는 일만큼이나 불가능한 거야……." 토멕은 다시 한번 성스러운 산을 바라보았다. 육중한 검은 덩어리로만 보이는 그 위협적인 느낌에 두려움이 일었다. 하지만 이제 난 혼자가 아닌 걸, 토멕은 몇 번이고 그 생각으로 마음을 추스르려 했지만 그다지 도움이 되질 않았다. 반대로 우리 셋 중 가장 나이가 많은 내가 둘을 돌보고 보호해야 한다는 생각이 앞섰다. 토멕은 담요를 온몸에 똘똘 말고선 포드콜의 따뜻한 몸에 기댔다.

"토멕."

졸음에 겨운 목소리로 한나가 물었다.

"근데 목에 찬 그 주머니 지갑에는 뭐가 든 거야?"

대답 대신 토멕은 주머니를 열어 동전을 꺼내 한나의 손에 쥐여 주었다.

"그때 잡화상에서 네가 냈던 동전이야. 자, 이제 돌려줄게."

"아, 고마워… 고마워."

한나가 잠에 취해 기어들어 가는 목소리로 웅얼거렸다.

"잘 자, 한나."

토멕의 말에 한나는 이미 대답이 없었다. 토멕은 마저 덧붙였다.

"포드콜, 너도 잘 자렴."

덩치 큰 짐승이 낑낑거리며 부드러운 소리를 냈다. 아마도 판다 말로 '잘 자'라는 뜻이겠지.

제17장 성스러운 산

새벽에 다시 바라보니 성스러운 산은 어젯밤만큼 위협적으로 보이지는 않았다. 도리어 어서 오르라며 손짓해 부르는 것 같았다. 세 여행자는 남은 식량을 단숨에 먹어 치우고서 가뿐한 마음으로 길을 나섰다. 저녁나절이면 물병에 크자르강의 물을 가득 채워 돌아올 수 있을 거라는 데에 추호의 의심도 없었다. 아무튼 그들은 그렇게 믿고 있었다. 강물은 더 이상 짠맛이 나지 않았으며 너무도 맑고 투명했다. 바위틈에서 거품과 물방울을 튀기며 폴짝 튀어 올라 거꾸로 흘러가는 강의 모습은 몇 번을 다시 보아도 볼 때마다 놀랍고 새로웠다. 이 기적 같은 광경에 익숙해질 때도 되었건만, 토멕과 한나는 아직도 가끔 뒷짐을 지고 멈춰 서서 넋을 잃고 한참을 그렇게 강물을 바라보곤 했다.

"믿을 수가 없어, 그렇지?"

둘 중 누군가가 이렇게 얘기하면 다른 이가 대답했다.

"정말이야. 믿어지지 않아."

그러고는 언제나처럼 다시 걸음을 재촉했다. 산의 정상을 향해 올라가는데, 통통한 포드콜은 제 몸무게가 힘에 겨운지 갈수록 맥을 못 추었다. 기관차처럼 거칠게 숨을 헐떡거리더니만, 정오쯤에는 더 이상은 한 발짝도 못 움직이겠다는 표정으로 바위에 주저앉아버렸다. 한나가 포드콜의 손을 잡아끌며 말했다.

"자, 포드콜, 힘내! 이런 운동은 몸에도 좋다고. 어쨌든 널 여기 버려두고 갈 수는 없잖니!"

한나와 토멕 두 사람은, 산을 오르는 데에 포드콜을 데려온 게 잘한 일이 맞나 속으로 염려하고 있었다. 하지만 곧 그 생각을 완전히 떨치게 된다. 판다 포드콜이 얼마 지나지 않아 두 사람을 곤경에서 멋지게 구해내기 때문이다.

오후가 반쯤 지나가고 있을 무렵, 앞서 걷던 한나가 갑자기 냅다 비명을 질렀다.

"토멕, 저기 좀 봐! 냇물이 땅속으로 사라지고 있어!"

그사이 50센티미터 너비 정도의 냇물이 되어 흐르고 있던 강물은 어느 한 지점에서 땅속으로 빨려 들어가고 있었다. 세 여행자는 꼼짝도 못 하고 우뚝 서버렸다.

"괜찮아, 별일 아냐."

토멕이 겨우 말을 꺼냈다.

"황당하지만, 어쨌든 우리는 계속 산에 올라갈 거야. 좀 더 가다 보면 바로 나타나겠지, 강물이 어디로 가겠어?"

그런데 두 시간이 지나도록 이리저리 오르락내리락하며 찾아보아도 헛일이었다. 안타깝기 그지없게도 크자르 강물을 놓쳐버리고 만 것이다. 강물이 땅속으로 빨려 들어가던 그 지점으로 돌아가 보려고도 했지만, 그조차 쉽지만은 않았다. 겨우겨우 그 지점을 찾아 돌아온 두 사람은 다리가 풀려 철퍼덕 주저앉고 말았다. 이제 어째야 하나 걱정이 앞서는데 그 순간, 포드콜이 주둥이로 한나의 주변을 마구 파기 시작했다.

"이 먹보야, 네가 뭘 찾는지 알지! 자, 여기. 근데 정말 이게 마지막이다."

한나가 애정 실린 목소리로 말했다.

한나가 주머니에서 포드콜이 핥아먹기 좋아하는 감초 맛 깍지콩을 꺼내어 포드콜에게 건네려는 순간, 갑자기 토멕이 막아섰다.

"잠깐만, 한나! 좋은 생각이 났어. 미쳤다고 할지 모르지만 지금 우리 처지로선……. 어때, 판다는 냄새를 잘 맡니?"

"글쎄, 아무래도 그렇지 않을까?"

영문을 모르겠다며 한나가 대답했다.

토멕은 깍지콩을 손에 쥐고 판다에게 냄새를 맡게 했다.

"포드콜, 알겠지? 이게 마지막 깍지콩이야. 한나에게도 더는 없다고, 알아듣지? 이제 내가 하는 걸 잘 봐, 이 마지막 깍지콩을……."

토멕은 냇물에 깍지콩을 던졌다. 자그마한 깍지콩은 곧 물살에 휩쓸려 사라져버렸다. 화를 낼 줄 모르는 포드콜이였지만, 자신이 좋아하는 먹이가 사라지는 것을 보자 떼쓰는 어린아이처럼 눈가에 눈물이 어려 징징대기 시작했다. 토멕은 포드콜에게 어깨동무를 하며 말했다.

"포드콜, 잘 들어. 네가 아끼는 깍지콩은 없어진 게 아니야… 땅속으로 냇물을 따라 흘러 들어가 다시 저 위쪽 어디선가 땅 위로 튀어나올 거라고. 알아듣겠니? 토드콜, 제발… 깍지콩을 따라가… 저쪽으로!"

토멕은 손가락으로 산 정상을 가리켰다. 눈물 글썽한 눈으로 그곳을 바라보던 포드콜은 토멕의 말을 단번에 이해한 듯, 당장에 주둥이를 땅에 대고 킁킁거리고 으르렁대며 속도를 내어 달리기 시작했다. 토멕과 한나 역시 벌려놓은 소지품을 후다닥 챙겨, 뒤도 돌아보지 않고 뛰어가는 포드콜을 쫓아

온 힘을 다해 달리고 또 달렸다. 바위를 가로지르고 뛰어넘고 그렇게 정신없이 달렸다.

"뒤쫓으며 뛰어가려니 너무 힘들어!"

토멕이 소리쳤다.

"근데 좀 전에 포드콜이 우리를 돌아본 것 같아!"

"포드콜, 같이 가! 혼자 너무 빨리 가지 말고!"

한나가 웃으며 포드콜에게 외쳤다.

있는 힘껏 달렸지만 두 사람과 포드콜 사이의 거리는 점점 멀어지기만 했고, 얼마 지나지 않아서는 산의 거대한 적막 속에 둘만 덜렁 남게 되었다. 이러다가는 판다도 강물도 모두 놓치게 되는 게 아닐까 걱정하고 있는데, 저 멀리서 포드콜이 기뻐 껑충거리며 손짓을 하는 게 보였다.

가까이 가서 보니 포드콜의 입에는 깍지콩이 담배처럼 물려 있었고, 포드콜의 다리 사이로는 강물이 흐르고 있었다. 강물은 이제 아이 주먹만 한 굵기의 가는 물줄기가 되어 거꾸로 거꾸로 흐르고 있었다.

"잘했어, 포드콜! 멋지다, 포드콜!"

한나가 소리치며 포드콜의 몸에 안겼는데, 어찌나 세게 뛰어들었던지 포드콜이 뒤로 벌렁 나자빠졌다. 둘은 씨름하듯 번갈아 몸을 뒤집어가며, 웃고 소리 지르며 뒹굴었다.

"토멕, 너도 대단해."

가쁜 숨을 내쉬며 한나가 말했다. 그리고는 토멕의 볼에 입을 맞췄다.

갈 길을 다시 찾았다는 행복에 젖어 모두 잠시 그곳에 앉아 쉬었다. 떠나기 전에 물도 넉넉히 마셨는데, 물은 전보다 훨씬 더 가볍고 훨씬 더 투명하게 느껴졌다.

다시는 물이 땅으로 사라져버리지 않기를 빌며 한 시간가량을 쉬지 않고 걸었다. 이제 더는 그런 일이 벌어질 것 같지는 않았다. 그러는 사이 날이 어두워져 셋은 걸음을 멈추었다.

"배고파?"

마지막 남은 햇살이 산 정상을 비출 때, 한나가 물었다.

"아니, 희한하네, 배가 안 고파. 물을 배불리 먹어서 그런가? 피곤하지도 않네. 한나, 넌 어때, 배고프니?"

토멕이 물었다.

한나 역시 마찬가지라고 했다. 몸도 기분도 가뿐했으며, 무언가를 먹고 싶다는 생각조차 안 든다고 했다. 쌀쌀한 밤기운이 몸을 타고 들어오자 두 사람은 포드콜을 베고 누워 서로의 손을 꼭 잡았다. 잠 속으로 완전히 빠져들기 전, 토멕은 산허리에 드리운 거대한 구름 그림자를 쳐다보았다. 전날 밤과 같은 불안이 가슴을 다시 옥죄어 왔다. 이 불안한 느낌은 뭐지? 도대체 왜, 아무도 그 물을 가져오지 못한 거지?

토멕의 귓가에서 시냇물이 속삭였다.

"곧 알게 될 거야, 토멕, 곧 알게 될 거야……."

다음날은 다들 별로 말이 없었다. 그저 조용히 걷기만 했다. 토멕이 앞서 걸을 때가 많았는데, 한나가 포드콜의 손을 잡고 그 뒤를 따랐다. 덩치 큰 판다는 더 이상 힘들다고 칭얼대지 않았다. 그 역시 물에서 새로운 힘을 얻은 것 같았다. 올라가면 갈수록 식물은 눈에 띄게 줄어들었다. 어느 순간부터는 바람 한 점 불지 않았다. 시간이 그대로 멈춰버린 듯했다. 살아 움직이는 것의 증거라고는 속삭이듯 흐르는 시냇물밖에 없었다. 오후가 끝날 무렵에는 산의 경사가 갑자기 급해져, 두 손 두 발을 다 써서 기어올라야만 했다.

"이제 정말 정상에 가까이 온 것 같은데……."

앞서가던 토멕이 뒤를 돌아보며 말했다.

마지막 남은 몇 미터를 오르는 동안, 이제는 엄지손가락 너비가 되어 흐르고 있는 강물에서 모두 눈을 떼지 않았다. 토멕 말이 맞았다. 그들이 곧 당도한 곳은 10여 미터 남짓한 평평한 땅이었고, 이곳이 산의 정상임을 대번에 알 수 있었다. 모두 눈 앞에 펼쳐진 꿈같은 풍경에 할 말을 잊었다. 하얗게 눈 덮인 수백 개의 봉우리가 겹겹이 둘러싼 한가운데에 그들이 서 있는 봉우리가 있었으며, 그 봉우리는 모든 봉우리 중에서 가장 높았다. 세상의 지붕에 선 느낌이었다. 한나에게 무어라 말을 하고 싶어 뒤를 돌아본 토멕의 눈에, 털썩하고 땅에 무릎을 꿇는 한나의 모습이 들어왔다. 토멕은 한나에게 다가갔다. 한나의 발치에서 아주 가느다란 물줄기가, 크자르강의 물줄기가 움푹 팬 바위 안에 고이면서 그 흐름을 멈추고 있었다. 토멕 역시 무릎을 꿇고 말았다.

"비었어… 아무것도 없어……."

한나가 웅얼거렸다. 당장이라도 울 것 같았다.

그랬다. 패인 바위 속은 텅 비어 있었다. 너무 당황스러워 토멕은 아무 생각이 들지 않았다. 오히려 그런 토멕의 마음을 힘들게 한 것은 비통해하는 한나의 모습이었다.

"이러려고 그 엄청난 여행을, 그 엄청난 고생을 한 거야……. 힘들게 여기까지 왔건만, 다 소용없는 일이었어, 토멕……."

지쳐 쓰러질 듯한 목소리로 한나가 말했다.

이 엄청난 절망감을 어찌해야 할지 몰라 허망하게 앉아 있던 토멕은 발치의 돌멩이를 하나 주워 움푹 팬 바위를 향해 맥없이 던졌다. '퐁'하는 소리가 들려왔고, 곧 표면이 파르르 떨리더니 연한 동심원을 그리며 퍼져나갔다. 바위의 안쪽은 비어 있던 게 아니었다. 아니, 그 반대였다. 물로 가득 채워져 있었으나 조금의 움직임도 없는 데다가 너무도 투명하고 맑고 가벼워, 그 물의 존재를 전혀 느낄 수 없었다. 물은 더 이상 물질세계의 것이 아닌 것 같았다. 토멕과 한나는 얼른 두 손을 물속에 담가보았다.

"죽지 않게 해주는 물……."

천천히 소리 내어 말하던 한나는 이번에는 완전히 울음을 터뜨리고 말았다.

그러고는 한참을 울음을 그치질 못했다. 토멕은 이 순간에 한나가 "한나, 어떤 새가 마음에 드니? 어디 한번 골라 보렴"하고 묻던 아빠를 떠올리고 있을 거라 생각했다. 하지만 뭐라 말을 꺼내지는 않았다. 토멕 역시 부모님 생각이 났지만 말하지는 않았다. 그저 눈물이 두 뺨을 타고 흐를 뿐이었다. 두 사람은 그렇게 한참 동안 물속에 손을 담근 채 아무 말 없이 앉아 있었다.

"토멕, 목마르니?"

마침내 한나가 입을 열었다. 그 큰 검은 눈으로 토멕을 올려다보며 미소 짓고 있었다.

"응, 넌?"

"나도……."

하지만 두 사람은 물을 마시지는 않았다. 그들의 상상을 뛰어넘는 너무도 엄청난 존재와 마주한 이 순간, 자신이 너무도 무력한 존재임을 절감할 뿐이었다. 그리고 어릴 적 나름 중요했던 질문들이 문득 머리를 스쳐 지나갔다.

정말 죽지 않고 영원히 살기를 바라는 걸까?

어느 날 마감하는 것이 삶이기에 더욱 소중한 것이 아닐까?

영원히 산다는 건 어쩌면 죽는 것보다 끔찍한 일은 아닐까?

절대 죽지 않는다면, 이미 저세상으로 간 사랑하는 이들은 언제 다시 만나게 되는 걸까?

토멕은 자신이 이 물을 마시지 않으리란 걸 알았다. 대신 두 손으로 물을 퍼서 잠시 손안에 가져보는 즐거움을 누리려 했다. 그런데 물은 손안에 머무르지 않고 금세 다 새어 나와 본래 있던 바위 안으로 떨어져 내렸다. 토멕은 다시 한번 두 손을 모아 물을 펐다. 소용없었다. 손가락을 타고 제자리로 돌아가는 물은, 도무지 어디에다 담는다는 게 불가능해 보였다. 손등에 밀이 자라는 일만큼이나 불가능해……. 정말 그랬다! 불가능했다! 버젓이 존재하지만 가질 수 없는 물이었다.

한나는 아무 말 없이 그 모습을 바라보고 있었다.

"내가 한번 해볼게……."

한나는 가느다란 두 손을 모아 옴팍하고 작은 그릇 모양을 만들어 물에 담갔다. 그리고는 조심스레 조금씩 들어 올렸다. 토멕 때와 마찬가지였다. 물은 손에서 넘쳐흘러 다 도망쳐버렸다.

"봐, 안 된다고 했잖아."

토멕이 깊게 한숨을 내쉬었다.

"잠깐만, 여길 봐봐!"

한나가 속삭였다.

한나 손바닥의 움푹한 곳에 한 방울의 물이 그대로 남아 있는 게 보였다. 진주처럼 동그랗고 반짝이는 물방울이었다.

"봐봐… 한 방울은 퍼갈 수 있는 거야. 하지만 더는 안 되는 거지. 아, 이제 나의 작은 새에게 가져다줄 수 있겠어!"

한나의 얼굴이 행복으로 환하게 빛났다. 몇 번이고 같은 동작을 해보고 또 해보는 그녀 손에 남는 건 언제나 단 한 방울뿐이었다. 손에 물을 담을 수는 없었지만, 행복에 찬 한나의 모습을 바라보는 것만으로도 토멕에게는 이미 지극한 행복이었다.

"그런데 이 물방울을 어떻게 가져가지? 물병에 담아 갈 순 없을 테고."

토멕이 물었다.

"좋은 생각이 있어."

한나는 반지를 끼고 있었는데, 거기에는 작은 뚜껑이 달려 있어 무언가를 담을 수 있었다. 그녀는 그 속에 물 한 방울을 담았다. 물은 반지에 맞춘 것처럼 안으로 쏙 빨려 들어갔다. 한나는 조심스레 뚜껑을 닫았다.

“자, 다 됐어. 만일 내일 아침에도 물방울이 그대로 있다면 여기 담아가도 된다는 거지.”

바로 그때 그날의 첫 별이 하늘에 떠올랐다. 그 뒤로 백 개도 넘는 별들이 따라 올라와 하늘을 가득 메웠다. 토멕에게 이렇게 영롱하게 빛나는 별은 태어나 처음이었다. 두 사람은 그 자리에 누워서 빛나는 은하수를 감상했다. 그렇게 별을 바라보고 있자니, 더 이상 이 땅의 세계에 속하지 않는 느낌이 들었다. 우주의 가장 작은 단위가 되어 별들에 둘러싸여 별들 속에 존재하는 것 같았다.

밤의 서늘한 기운에 온몸이 파르르 떨렸다. 아까부터 저만치 떨어져 서 있던 포드콜이 두 사람 곁으로 슬쩍 다가오더니 자신의 온기를 나눠주었다.

제18장 귀향

성스러운 산에서 바다까지 다시 빠져나오는 데에는 시간이 꽤 걸렸다. 올라갈 때는 물살을 따라 뗏목을 탔으나 내려올 때는 그럴 수가 없었기 때문이었다.

좋은 친구였던 포드콜과도 결국엔 헤어져야 했다. 열매 다람쥐 나무 아래 잠을 청한 그 밤이 함께한 마지막 밤이었다. 동이 틀 무렵, 토멕과 한나는 한참 잠에 빠져 있는 포드콜을 뒤로 하고 조심조심 짐을 챙겨 빠져나왔다. 그리 혼자 두고 떠나려니 한나의 가슴이 찢어질 듯 아팠지만, 이렇게 하는 것이 포드콜에게나 모두에게 더 나은 일이리라 여겨졌다. 포드콜 역시 익숙한 나무와 감초 맛 깍지콩에서 떨어져 지내느라 불행했을 게 틀림없었다.

절벽을 따라 최대한의 속도를 내어 걸어 내려오는 동안 토멕과 한나의 머리를 떠나지 않는 걱정이 하나 있었다. 혹시나 너무 늦게 도착해 용맹호가 떠나버렸으면 어쩌나 하는 것이었다. 그랬기에 흰 말이 끄는 짐수레를 몰고 갑자기 등장한 바스티발라곰과 마주친 그날 아침의 기쁨은 이루 말로 다 표현할 수가 없었다. 용맹한 선장 바스티발라곰은 그가 약속했던 대로 출발 날짜에서 하루를 더 기다려주었을 뿐만 아니라, 이들을 거들기 위해 이곳까지 마차를 끌고 마중을 나온 것이다. 선장은 마치 친자식을 다시 만난 것처럼 두 사람을 품 안에 진하게 끌어안았고, 토멕이 한나를 다시 만날 수 있으리라고는 생각조차 못 했다면서 눈물까지 보였다.

용맹호는 별 탈 없이, 존재하는 섬(이제부터 이 섬의 이름은 '존재하는 섬'이라고 바스티발라곰이 설명해주었다)에 도착했다. 섬에 머물면서 지난 모험의 피로를 푼 토멕과 한나는 며칠 뒤 다시 배를 타고 떠났다. 떠나는 날, 여태껏 이곳 바다에서는 볼 수 없었던 대규모 선단이 펼쳐졌다. 선두에 선 용맹호를 따라 흰 돛을 펼치고 늘어선 열여섯 척 범선의 행렬은 정말이지 장관이었다. 존재하는 섬의 주민도 한 명도 빠짐없이 부둣가에 나와 배웅해주었다.

저 멀리 향수 마을이 나타나고, 일단 다른 배들은 바다에서 기다리기로 하고, 용맹호만 포구로 먼저 들어갔다. 미리 소식을 알릴 수 없었기에, 이대로 무작정 들어섰다가는 마을 사람들에게 너무도 급작스러운 감정의 동요를 일으킬까 염려스러웠기 때문이었다. 상황을 설명할 시간이 필요했고, 또 이 모든 이들이 살아있다는 믿기 어려운 사실에 대처하게 할 시간이 필요했다. 다음날이 되어서야 나머지 배 열여섯 척도 포구로 들어설 수 있었고, 그제야 존재하는 섬 주민들이 배에서 내릴 수 있었다. 그 뒤로 이어진 재회는 그야말로 가슴을 에는 장면이었다. 불행과 고통이 와도 늘 웃음 지으며 쾌활함을 지켜왔던 향수 마을 사람들은, 감당하기 힘든 행복을 마주하고서는 온몸으로 흐느끼며 울었다.

한나의 손을 꽉 잡고 서 있는 토멕을 바라보는 페피곰의 눈길은 더 이상 서글퍼 보이지 않았다. 그녀 역시 이제는 약혼자가 있는 몸이었다. 그녀처럼 동그랗고 그녀만큼 명랑하고 친절한 사람이었다. 그 후로 며칠 동안, 비할 데 없는 기쁨과 환희가 마을을 가득 채웠다. 사람들은 베이컨 크레이프를 배가 터져라 먹었고, 사과주를 양껏 들이켰으며, 마음껏 노래하고 마음껏 춤췄다. 그러던 어느 저녁, 토멕은 한나를 불렀다. 이제는 돌아가고 싶다고, 이렇게 여기서 마냥 머무르다가는 망각의 숲 언저리에서 마리를 다시는 못 만날까 두렵다고 털어놓았다. 바로 다음 날, 두 사람은 곧 돌아오리라는 약속을 남기고 길을 나섰다. 에스테르곰은 떠나는 두 사람에게, 이제

둘은 그의 자식이나 마찬가지라고, 가슴속에 영원히 남아 있을 거라고 몇 번이고 말해주었다. 그리고 향수 마을 사람들의 특별 코마개를 챙겨 주는 것도 잊지 않았다. 이것만 있으면 꽃들판을 지날 때 무서울 것이 없었다.

들판을 가로질러 걷는 일은 다시 해봐도 역시 매력적이었다. 토멕과 한나는 아침나절 내내 쉬지 않고 힘차게 걸었다. 정오 무렵, 토멕이 갑자기 멈춰서더니 "한나! 중요한 걸 깜빡 잊을 뻔했어!"하고 소리쳤다.

토멕은 T자가 수 놓인 수건을 꺼내 매듭을 지었다.

"뭐 하려는 거야?"

궁금해진 한나가 물었다.

"잊지 말아야 할 것을 혹시라도 못 떠올릴까 봐……."

아리송한 토멕의 대답에 한나의 미간이 찌푸려졌다.

"토멕, 코마개 잘 하고 있는 거지? 혹시 꽃향기를 맡은 건……."

"전혀."

토멕이 웃으며 대답했다.

"잘 들어봐. 아주 간단해. 마리는 이제 곧 망각의 숲으로 들어갈 거란 말이지. 그러면 우리의 기억 속에서 그녀는 사라져버릴 테고, 우리는 마리를 기다려야 된다는 생각조차 하지 못하게 될 거야. 그때 이 매듭이 알려줄 거야. 누군가가 곧 올 테니 기다려야 한다고 말이야. 이젠 알겠지?"

한나는 토멕의 영리함을 인정할 수밖에 없었다. 조금 더 걸어가자 '돛'이라 불리는 너울거리는 큰 꽃으로 가득 찬 꽃밭이 나타났다. 토멕은 예전 기억이 떠올라 순간 두려움에 몸 둘 바를 몰랐다. 그런데 몇 발짝 앞서가던 한나의 몸이 비틀비틀하는 것이었다.

"한나, 코, 코를 막아! 손으로 콧구멍을 막으라고!"

하지만 이미 다리가 풀려 있었다. 한나는 무너지듯 쓰러지며 눈도 이내 감겨버렸다. 토멕은 부리나케 달려가 한나의 얼굴을 감싸 쥐었다.

"한나, 일어나, 일어나라고!"

하지만 한나는 이미 깊은 잠에 빠진 듯했다. 토멕은 우선 여분으로 챙겨온 코마개를 비어 있는 한나의 콧구멍에 잘 끼워 넣은 뒤 기억을 집중했다. 한나를 깨어나게 하는 주문이 뭐였더라? 에스테르곰이 말해준 적이 있는데 또렷이 기억이 나질 않았다. 너무 쉬운 말이라며 설명까지 덧붙여주었는데도 말이다. 순간 머릿속에 반짝하고 그 말이 떠올랐다. 토멕은 고개를 숙여 한나의 귀에 대고 아주 나긋하게 속삭였다.

"옛날 옛적에……."

그 소리에 한나가 번쩍 눈을 떴다. 긴 하품에 늘어지게 기지개까지 켜며 그녀가 씩 웃었다.

"토멕… 좀 자게 놔두지 그랬어. 기분 좋은 꿈을 꾸고 있었는데. 그 꿈에 네가 나왔거든."

몇 시간을 더 걷자, 저 멀리 땅끝에 길게 늘어선 거대한 검은 띠가 드러났다. 망각의 숲이었다. 숲 언저리로 나무들이 처음 나타나기 시작할 즈음, 한나가 말했다.

"저길 봐. 무슨 무덤 같아 보이는데……."

"피트의 무덤이야."

토멕이 대답했다.

"피트는……."

무어라 더 설명하려 했으나 그럴 수가 없었다. 무언가가 그의 머릿속에서 빠져나가 버린 느낌이었다. 토멕은 한나에게 자기가 피트 얘기를 한 적이 없었냐고 물었다. 했었다고, 그것도 여러 번 했었다고 한나는 대답했지만, 그녀 역시 그 이상은 기억이 나질 않았다. 머릿속에 커다란 구멍이 난 것만 같았다.

둘은 불을 피우고 향수 마을에서 챙겨 준 음식을 먹었다. 식사를 마치고 손수건에 손을 닦으려는데, 토멕은 잠시 멈칫했다.

"한나, 이건 뭐지? 이 매듭은?"

한나는 기억이 났다.

"그건 누군가가 올 거란 걸 알려주는 신호야. 누군가가 지금 망각의 숲속에 있으니 잊지 말고 기다리라는 신호."

하지만 그날 밤, 아무리 기다려도 그들을 찾아오는 이는 없었다. 다음날 낮에도 마찬가지였다. 다시 저녁이 되어 식사를 하고 있는데, 숲속에서 소리가 들려왔다. 길을 구르는 마차 바퀴 소리 같았다. 곧이어 신나게 노래 부르는 소리도 들려왔다.

당나귀, 우리 당나귀는
발이 너무 아파요……

그 목소리에 가슴이 벅차오른 토멕은 온 힘을 다해 소리쳤다.

"마리!"

바로 그때 망각의 숲에서 마리가 걸어 나왔다.

세 친구는 불가에 모여 앉아 밤늦도록 지난 이야기를 나눴다. 이번에는 한쪽 귀까지 잃은 카디숑이 저만치에 서서 졸고 있었다. 날이 밝자 세 사람은 피트 무덤 근처에서 오전 시간을 보낸 뒤, 곧 망각의 숲의 다른 끝을 향해 숲을 가로질렀다. 이번에는 곰이 나타나지 않아 무사히 숲의 저편에 도착할 수 있었다. 숲을 빠져나와 몇 킬로미터 더 마리와 함께 달렸으나, 결국 갈림길에서 작별을 고해야만 했다. 멀어져 가는 둘의 모습을 바라보던 마리가 외쳤다.

"얘들아, 즐겁게 살아야 해!"

토멕과 한나는 열심히 걸었지만 해가 지기 전에 토멕의 마을에 도착하지는 못했다. 한 번 더 별을 보며 한데서 잠을 청해야 했고, 다음 날 아침에야 마을에 도착할 수 있었다. 그들이 가장 먼저 달려간 곳은 물론 이샴 할아버지의 가게였다. 잡화상 열쇠도 받아야 했지만, 무엇보다 할아버지가 보고 싶어 견딜 수가 없어서였다. 할아버지는 예전처럼 작은 책상 뒤편에서 책상다리를 하고 앉아 있었다.

"할아버지! 그동안 잘 지내셨어요!"

토멕은 멀리서부터 할아버지를 부르며 달려들어 갔다.

한나는 뒤편으로 조용히 물러나 있었다. 두 사람의 재회를 방해하고 싶지 않아서였다.

다가오는 토멕을 보면서도 믿기지 않던 이샴은, 그제야 이것이 꿈이 아니라는 걸 깨달았는지, 얼굴 앞에 두 손을 합장하고는 떨리는 목소리로 말했다.

"얘야… 아주 건장해졌구나! 떠날 때는 한참 애더니 이제는 어엿한 청년이 되었어. 어디 한번 안아보자꾸나……."

토멕은 할아버지에게 달려갔다. 할아버지 앞에 무릎을 꿇고서는 할아버지를 오랫동안 껴안고 있었다. 토멕이 일어나 눈물을 닦으며 말했다. 슬픔이 배인 목소리였다.

"용서하세요, 할아버지. 크자르 강물을 가져올 수가 없었어요. 저는……"

이샤은 토멕을 보며 웃어주었다.

"진정하렴, 얘야. 그 물이 있다고 한들 난 그 물을 마시지 않았을 게야. 그러니 아쉬워할 것 없지 않니. 만일 누가 그 물 한 병과 누가 사탕 한 조각 중에 고르라고 한다면, 난 단박에 사탕을 집을 거야. 영원히 사는 것, 나는 관심 없다. 난 오래 살겠다는 생각도 없어. 그저 너를 다시 볼 때까지만, 그 생각으로 산 거지. 토멕, 이제 너를 봤으니 됐다. 이제 더 바랄 게 없어."

"하지만 할아버지, 전 할아버지가 필요해요. 할아버지가 곁에 계셨으면 좋겠어요!"

"나를 곁에 두고 싶다고? 그렇다면 너를 위해 내 좀 더 애를 써보마. 하지만 보거라, 토멕. 온몸 여기저기 뼈는 콕콕 쑤셔대지, 이제 내 몸은 다 되었단다. 여기 이 구멍가게에서 외풍을 맞고 앉아 있는 것보다 네 기억 속의 내가 훨씬 보기 좋을 게다. 말이 나온 김에 몇 가지 더 얘기하마. 명심해 잘 듣거라. 두 번은 말하지 않을 테니.

토멕, 내가 죽고 나서 어찌할 도리가 없거든 그때는 조금만 울 거라. 하지만 너무 오래 울지는 마, 부탁하마. 넌 가끔

내 무덤을 찾아오겠지. 하지만 난 거기 없을 테니 정말로 내가 보고 싶은 거라면 그 길로 얼른 돌아오렴. 대신 줄지어 선 나무를 바라보렴. 작은 새가 목을 축이고 있는 물웅덩이를 바라보렴. 장난치고 있는 귀여운 강아지를 바라보렴. 그 모든 곳에 내가 있을 테니. 토멕, 알겠지? 절대 잊어버리지 마! 자, 이제 들려주렴. 저기 저 뒤에 숨어 있는 예쁜 아가씨가 누구인지… 아직 내게 소개를 안 해줬구나."

한 시간 뒤, 잡화상 문을 열고 들어간 토멕은 깜짝 놀라고 말았다.

"세상에, 여기가 이렇게 좁았나… 이렇게 좁았어."

이 말을 열 번도 넘게 한 것 같다.

그러는 사이, 한나는 1년 전에 토멕이 열었던 여러 서랍 속에 뭐가 들었던가를 떠올려 보고 있었다.

"이쪽 서랍에는 트럼프가 들어 있었고, 여기에는 캥거루 그림이, 그리고 저쪽에는 유리병에 든 사막의 모래가……."

한나는 며칠을 더 이곳에 머물렀다. 그러던 어느 아침, 그녀는 떠나겠다고 토멕에게 알려왔다. 양부모님, 그리고 무엇보다 어린 여동생이 그리웠던 것이다.

"곧 돌아올 거지?"

토멕이 물었다.

크게 상심한 토멕을 바라보며 한나는 손가락에 끼었던 반지, 강물 한 방울을 담아 온 반지를 빼서 토멕에게 건넸다.

"자, 받아. 이걸 네게 주고 갈게. 이러면 내가 다시 올 거란 걸 믿을 수 있겠지? 내 새를 찾아오려는 것뿐이야. 곧 돌아올 거야. 약속할게."

그리고 그녀는 떠났다.

에필로그

한나는 그로부터 3주 뒤에 돌아왔다. 토멕이 아침 채비를 마치고 가게를 막 열었을 때였다. 문을 밀고 들어오는 한나 뒤로 거리의 눈부신 아침 햇살이 환히 따라 들어왔다. 한나의 한쪽 어깨 위로는 작은 새가 앉아 있었다.

"한나!"

소년은 소리치며 달려갔다. 소녀를 다시 보게 된 소년의 심장은 행복으로 벅차올랐다.

잠시 오랜만의 담소를 나눈 뒤, 토멕은 반지를 가져왔다. 한나는 반지의 뚜껑을 열어 그 속에 담긴 한 방울의 물을 손바닥에 조심스레 부었고, 다른 손으로는 새를 데려와 그 옆에 앉혔다.

"마셔 봐, 나의 귀여운 새야. 자, 마시렴……."

한나가 살살 새를 얼렀다.

새는 처음에는 주저했으나, 이내 진주처럼 반짝이는 물방울 위로 몸을 숙여 부리 안으로 흘려 넣더니 재빠른 고갯짓 한 번으로 물방울을 삼켰다.

"그래, 이제 됐어……. 이제 절대 죽지 않을 거야."

한나가 중얼거렸다.

"그래, 이제 절대 죽지 않을 거야."

메아리처럼 토멕이 속삭였다.

두 사람은 새를 나무 횃대에 앉혔다. 가족을 만나러 간 한나를 기다리며 토멕이 계산대 위쪽에 마련해 놓은 횃대였다. 한참 동안 새를 물끄러미 지켜보던 한나가 나지막한 소리로 얘기를 시작했다.

"토멕, 방금 재미난 생각이 들었어."

"뭔데?"

소년이 물었다.

"물방울이 새의 목구멍을 따라 내려가던 그 순간, 크자르 강물이 원래의 제 방향을 찾아 흐르기 시작했을 거라고. 좀 전의 그 한 방울을 위해 이제껏 거꾸로 흘러왔던 거였다고. 언젠가 작은 새의 부리에 닿을 그 날을 위해서 말이지. 그러니 이제 모든 게 끝난 거지……."

너무도 매혹적인 이야기라고 토멕은 생각했다.

"그럼 우리가 봤던 그 모든 것이 이제는 더 이상 존재하지 않을 거란 얘기야?"

"잘은 모르지만… 아마도… 모든 게 정말이지 너무 이상한 것투성이였잖아."

토멕은 여행에서 마주쳤던 믿기 힘든 여러 일을 떠올려 보았다. 망각의 숲도, 숲 속의 곰도, 돛이라 불리던 펄럭이는 푸른 꽃도, 존재하지 않는, 아니 존재하는 섬도, 그네 타던 요괴 할멈도, 열매 다람쥐가 자라는 나무도…….

"마치 꿈이었던 것처럼……."

한나가 말을 이었다.

"결국 그곳에서 우리가 가져온 거라고는 아무것도 없잖아? 빈손으로 떠나서 빈손으로 돌아온 거지."

그때 토멕의 얼굴에 환한 미소가 번졌다. 토멕은 계산대 안쪽으로 달려갔다.

"아니야, 한나. 가져온 게 하나 있어. 이제까지는 보여줄 엄두가 안 났는데 이젠 그래도 될 것 같다."

토멕은 한나에게 작은 향수병을 내밀었다. 페피곰이 선물한 그 향수였다.

한나는 향수병 뚜껑을 열고 향기를 깊게 들이마셨다. 나지막한 언덕 위, 악사들의 음악에 맞춰 춤을 추고 있는 이들이 보였다. 벤치에는 토멕과 한나가 친구들에 둘러싸여 꽃비를 맞으며 나란히 앉아 있었다.

"아, 토멕……."

한나가 속삭였다.

"이번에는 조금 오래 머물다 갈 거지?"

토멕의 목이 메어왔다.

"영원히 여기 머물 거야……."

한나가 대답했다.

그때였다. 횃대에 앉아 있던 새가 생애 처음으로 영원의 노래를 부르기 시작했다.

장 클로드 무를르바 소설

거꾸로 흐르는 강 토멕과 신비의 물

초판 1쇄 발행 2023년 4월 20일
초판 2쇄 2023년 7월 18일

지은이 장 클로드 무를르바
옮긴이 정혜승
펴낸이 김종해

펴낸곳 문학세계사
출판등록 제21-108호(1979. 5. 16)
주소 서울시 마포구 신수로 59-1, 2층
전화 02-702-1800
팩스 02-702-0084
이메일 munse_books@naver.com
홈페이지 www.msp21.co.kr
페이스북 www.facebook.com/munsebooks
인스타그램 www.instagram.com/munse_books

책 값 14,800원
ISBN 979-11-93001-05-9

옮긴이 **정혜승**

skyblue book studio라는 출판 콘텐츠 스튜디오를 운영하며 책의 기획과 편집, 번역을 맡고 있다. 불어불문학을 전공한 후, 첫 직장인 잡지사 에디터 시절에 번역과 요리 기사를 맡았던 인연을 귀히 이어, 문화·요리·여행을 다룬 프랑스 출판물, 불어로 쓰인 동화나 청소년 소설을 20년 넘게 번역해오고 있다. 옮긴 책으로는 『어린 왕자』 『무슈린의 아기』 『마이디어 걸』 『라뒤레 디저트 레시피』 『라뒤레 티타임』 『알랭 뒤카스의 선택, 그린 다이닝』 등이 있다.